中公文庫

ネコ・ロマンチスム

吉行淳之介 編

中央公論新社

ネコ・ロマンチスム

目次

ネコ・ロマンチスム

愛撫

梶井基次郎

かじい・もとじろう（一九〇一〜三二）
大阪府生まれ。鋭い感受性で精緻な作品を残したが、肺結核で早世。代表作に『檸檬』など。「愛撫」は病が重くなり大阪の実家で療養していた頃の作品。
【初出】「詩・現實」一九三〇年六月
【底本】『梶井基次郎全集 第一巻』（筑摩書房、一九九九年）

猫の耳というものはまことに可笑しなものである。薄べったくて、冷たくて、竹の子の皮のように、表には絨毛《じゅうもう》が生えていて、裏はピカピカしている。硬いような、柔らかいような、なんともいえない一種特別の物質である。私は子供のときから、猫の耳というと、一度「切符切り」でパチンとやって見度くて堪らなかった。これは残酷な空想だろうか？

否。全く猫の耳の持っている一種不可思議な示唆力によるのである。私は、家へ来たある謹厳な客が膝へあがって来た仔猫の耳を、話をしながら、しきりに抓《つね》っていた光景を忘れることが出来ない。

このような疑惑は思いの外に執念深いものである。「切符切り」でパチンとやるというような児戯に類した空想も、思い切って行為に移さない限り、われわれのアンニュイのなかに、外観上の年齢を遥かにながく生き延びる。とっくに分別の出来た大人が、今もなお熱心に——厚紙でサンドウィッチのように挟んだうえから一と思いに切って見たら？――こんなことを考えているのである！　ところが、最近、ふとしたことから、この空想の致命的な誤算が曝露してしまった。

元来、猫は兎のように耳で吊り下げられても、そう痛がらない。引張るということに対しては、猫の耳は奇妙な構造を持っている。というのは、一度引張られて破れたような痕跡が、どの猫の耳にもあるのである。その破れた箇所には、また巧妙な補片《つぎ》が当っていて、全くそれは創造説を信じる人にとっても進化論を信じる人にとっても不可思議な、滑稽な耳たるを失わない。そしてその補片が、耳を引張られるときの緩めになるにちがいないのである。そんな訳で耳を引張られることに関しては、猫は至って平気だ。それでは、圧迫に対してはどうかというと、これも指でつまむ位では、いくら強くしても痛がらない。さきほどの客のように抓って見たところで、極く稀にしか悲鳴を発しないのである。こんなところから、猫の耳は不死身のような疑いを受け、ひいては「切符切り」の危険にも曝されるのであるが、ある日、私は猫と遊んでいる最中に、とうとうその耳を噛んでしまったのである。これが私の発見だったのである。噛まれるや否や、その下らない奴は、直ちに悲鳴をあげた。私の古い空想はその場で壊れてしまった。猫は耳を噛まれるのが一番痛いのである。悲鳴は最も微かなところからはじまる。だんだん強くするほど、だんだん強く鳴く。Crescendo のうまく出る――なんだか木管楽器のような気がする。

私のながらくの空想は、かくの如くにして消えてしまった。しかしこういうことにはきりがないと見える。此頃、私はまた別なことを空想しはじめている。

それは、猫の爪をみんな切ってしまうのである。猫はどうなるだろう？　恐らく彼は死んでしまうのではなかろうか？

いつものように、彼は木登りをしようとする。――出来ない。人の裾を目がけて跳びかかる。――異《ちが》う。爪を研ごうとする。――なんにもない。恐らく彼はこんなことを何度もやって見るにちがいない。その度にだんだん今の自分が昔の自分と異うことに気がついてゆく。彼はだんだん自信を失ってゆく。もはや自分がある「高さ」にいるということにさえブルブル慄《ふる》えずにはいられない。「落下」から常に自分を守って呉《く》れていた爪が最早ないからである。彼はよたよたと歩く別の動物になってしまう。遂にそれさえしなくなる。絶望！　そして絶え間のない恐怖の夢を見ながら、物を食べる元気さえ失せて、遂には――死んでしまう。

爪のない猫！　こんな、頼りない、哀れな心持のものがあろうか！　空想を失ってしまった詩人、早発性痴呆に陥った天才にも似ている！

この空想はいつも私を悲しくする。その全き悲しみのために、この結末の妥当であるかどうかということさえ、私にとっては問題ではなくなってしまう。しかし、果して、爪を抜かれた猫はどうなるのだろう。眼を抜かれても、髭を抜かれても猫は生きているにちがいない。しかし、柔らかい蹠《あしのうら》の、鞘のなかに隠された、鉤のように曲った、匕首のように鋭い爪！　これがこの動物の活力であり、智慧であり、精霊であり、一切であることを私は信じて疑わないのである。

ある日私は奇妙な夢を見た。

X――という女の人の私室である。この女の人は平常可愛い猫を飼っていて、私が行くと、抱いていた胸から、いつも其奴を放して寄来すのであるが、いつも私はそれに辟易するのである。抱きあげて見ると、その仔猫にはいつも微かな香料の匂いがしている。

夢のなかの彼女は、鏡の前で化粧していた。私は新聞かなにかを見ながら、ちらちらその方を眺めていたのであるが、アッと驚きの小さな声をあげた。彼女は、なんと！　猫の手で顔へ白粉を塗っているのである。私はゾッとした。しかし、なおよく見ていると、それは一種の化粧道具で、ただそれを猫と同じように使っているんだということがわかった。しかしあまりそれが不思議なので、私はうしろから尋ねずにはいられなかった。

「それなんです？　顔をコスっているもの？」

「これ？」

夫人は微笑とともに振り向いた。そしてそれを私の方へ抛《ほう》って寄来した。取りあげて見ると、やはり猫の手なのである。

「一体、これ、どうしたの？」

訊きながら私は、今日はいつもの仔猫がいないことや、その前足がどうやらその猫のものらしいことを、閃光のように了解した。

「わかっているじゃないの。これはミュルの前足よ」

彼女の答は平然としていた。そして此頃外国でこんなのが流行《はや》るというので、ミュルで作って見たのだというのである。あなたが作ったのかと、内心私は彼女の残酷さに舌を巻きながら尋ねて見ると、それは大学の医科の小使が作って呉れたというのである。私は医科の小使というものが、解剖のあとの死体の首を土に埋めて置いて髑髏《どくろ》を作り、学生と秘密の取引をするということを聞いていたので、非常に嫌な気になった。何もそんな奴に頼まなくたっていいじゃないか。そして女というものの、そんなことにかけての、無神経さや残酷さを、今更のように憎み出した。しかしそれが外国で流行っているということについては、自分もなにかそんなことを、婦人雑誌か新聞かで読んでいたような気がした。――

猫の手の化粧道具！　私は猫の前足を引張って来て、いつも独り笑いをしながら、その毛並を撫でてやる。彼が顔を洗う前足の横側には、毛脚の短い絨氈《じゅうたん》のような毛が密生していて、なるほど人間の化粧道具にもなりそうなのである。しかし私にはそれが何の役に立とう？　私はゴロッと仰向に寝転んで、猫を顔の上へあげて来る。二本の前足を摑んで来て、柔らかいその蹠を、一つずつ私の眼蓋《まぶた》にあてがう。快い猫の重量。温かいその蹠。私の疲れた眼球には、しみじみとした、此の世のものでない休息が伝わって来る。

仔猫よ！　後生だから、しばらく踏み外さないでいろよ。お前は直ぐ爪を立てるのだから。

恋人同士

倉橋由美子

くらはし・ゆみこ（一九三五〜二〇〇五）

高知県生まれ。大学在学中の一九六〇年に「パルタイ」でデビュー、翌年女流文学賞受賞。著書に『アマノン国往還記』（泉鏡花文学賞）ほか多数。

【初出】「芸術生活」一九六三年八月号

【底本】『倉橋由美子全作品4』（新潮社、一九七六年）

　みんながあたしを目のかたきにするのはあたしがまっ黒だからでしょうか。たしかにあたしの全身は黒一色で、ひっくりかえして脚のつけねをしらべても、白いところはみつからないのです。ヤンニの《ママ》のＬがあたしを妙におそれたりきらったりするのも、あたしが黒い魔物のようにみえるからだそうでした。Ｌによると、あたしはあの黒豹みたいに不吉で不潔であらあらしく多淫でとりわけＬをみあげるときのあたしの眼は猛獣のように不遜だというのです。もっともＬは冗談めかしていい、またこれ以上のことはいいませんでしたが、それは彼女があたしの《パパ》のＫと恋人同士の関係にあったからです。二人は婚約していました。奇妙なことに、ＫはＫで、Ｌのヤンニをあまり快くおもっていないようでした。

「きみはミカのことをまっ黒くて気もちがわるいというけど」とあたしの《パパ》はあたしの胴を撫でながらいつもいうのでした。「黒いのはノーブルなんだ。もちろん、きみのヤンニみたいに純白というのもわるくはない。とてもきれいだし、純潔なプリンスといいたいくらいだよ」

けれどKはヤンニにはめったにさわりませんでした。一度、Kがヤンニをだきあげたとき、急にヤンニは唸り声をあげ、Kの手の甲をはげしくひっかいたばかりか、手のひらには血がにじむほどふかく歯をたてたのです。

「まあ、ヤンニ、なんてことをするの？」とLはいい、ヤンニの頭を軽くたたきました。するとヤンニはあおむけにひっくりかえり、手と足でLの手のひらをつっぱったり、咬んだりし、Lはそれがわんぱくざかりの少年に特有の粗暴な甘えかたにすぎないことをKにわからせようとするのでした。Kは笑いだし、その自尊心の傷をLの舌でなめてもらいながら「やっぱり男なんだなあ、ぼくのミカは咬んだりしたことなんか一度もないよ」といいました。「そうなのよ、あたしなんか、年中ヤンニに咬まれて、ほら、ごらんなさい、傷だらけ」そういってLも自分の手をKにみせるのでした。そのときはこれで気まずさもとりつくろわれました。しかしのちになってヤンニがあたしにうちあけたところによりますと、ヤンニはKに敵意をいだいていたそうですし、Kもヤンニをきらっていたのです。

こうした事情は、あたしとヤンニにとって不幸なことでした。

Kの家とLの家とは、あたしが車や犬に注意しながら走っておよそ五分という距離でした。ヤンニならあたしのところまで四分でこられるということでした。もっとも、はじめてヤンニがあたしのうちへやってきたときは、Lが白いマフラーでくるんでだいてきたのです。

「どう？　かわいいでしょ。ヤンニよ。あたしの子どもよ」

「いつから？」といいながら、Kはベッドの毛布をしっかりとおさえつけました。毛布の下にあたしがいたのです。鼻とひげをのぞかせて、あたしはヤンニのほうをうかがっていました。

「コッチヘコナイ？」とあたしがいいますと、Lはびっくりしてヤンニを床におとしてしまいました。ヤンニはあたしのところへもぐりこもうとしました。

「あら、ヤンニのお友だちがいるの？」

「ああ、じつはぼくのところにもいるんだ」とKは観念していいました。「女の子だよ」

　そういうと、Kはいきなりあたしの首をつかんでひきずりだし、あたしの股をひろげてあたしが女であることをみせるのでした。無理な姿勢をとらされたうえ、恥しいめにあってあたしは気も転倒し、大声で泣きだしました。

「まあ、いやな声。およしなさいよ」

いつもはやさしい《パパ》で、けっしてこんな乱暴はしないのに、どうやらLにたいするてれかくしのためのようでした。

「きみのは男の子かい？」

「そうよ。さあ、ヤンニ、いらっしゃい、Kがだっこしてくれますって」

ヤンニがKの手をおもいきり咬んだのはこのときだったのです。

KとLが大きなからだでだきあって、顔をなめあったりしているあいだ、ヤンニとあたしはキッチンにしりぞいて、スープに使ったがらをいっしょに食べました。

「コレハウマイヤ」とヤンニがいいました。

「アタシノオヤツニパパガトットイテクレタノヨ」

「パパッテ、Kノコト？」

「ソウヨ。トテモヤサシイノ。キョウハスコシ様子ガヘンダケド……アンタノママ、アンタノ首ヲツカンデブラサゲタリスル？」

「アア、モットスゴイコトモスルヨ」といいながらヤンニはあたしのしっぽのつけねを軽く咬みました。くすぐったかったのであたしは笑いだし、ヤンニの肩に体当りをくわせますと、ヤンニも笑いながら、負けずにあたしのおなかの下にもぐりこみ、あたしを転覆させようとします。そうやってふざけながら、ヤンニはかれの《ママ》、つまりLのことを話してくれるのでしたが、Lはヤンニの両手両足をつかんで空中に投げあげたり――それも三度に一度はうけとめてくれないそうです――ときには白いマフラーみたいにヤンニを自分の首に巻きつけたりするのです。

「イツモLトイッショニネテルンダケド、朝目ガサメルト、ボクヲ両足デハサンデ、フワフワシタ毛ノ塊ミタイニアツカウンダ、ナンダトオモッテルンダロウナ、ボクヲ」

「ママハアンタヲ愛シテルノヨ」とあたしは多少分別臭くいいました。

「アンタダッテ、ママガ好キデショ？」

「バカダナ」といってヤンニはあたしのひげを自分のひげで払いました。

「ハズカシガラナクテモイイワヨ。アタシモパパガ好キヨ。パパモアタシガ好キナノ。毎晩アタシヲダイテネテクレル。裸デ、ツルツルシテ弾力ノアル胸や腕デアタシヲダイテクレルワ。アタシガパパノ顔ノウエヲ踏ンデトオッテモ怒ラナイ」

「ボクノママダッテ、ヤサシイトキハヤサシイヨ。食事ノトキハ、自分デ噛ンデカラロウツシニ食ベサセテクレルシ、キレイ好キダカラ、ショッチュウオ風呂ニイレテ洗ッテクレルヨ」

「風邪ヒカナイ？」

「電気ストーヴノウエニカザシテ、ヨク乾カシテクレルンダ。アタタカクテ、天国ニイルミタイダ。デモ、夜ニナルト、ボクガLノ足ヲアタタメル番サ。トテモ冷タイ、木ノ枝ミタイナ足ダヨ」

「アタシノパパハアタシヨリアタタカイワヨ」

「そうぞうしいわね、なにしてるの?」といってキッチンにはいってきたのはLでした。彼女は脚をからみあわせてころげまわっているあたしたちをみて叫びたてました。

「K、早くきてよ、けんかしてるわ、早く、早く」

Kがあたしをだきあげると、Lはヤンニをだきあげ、こわい眼をしてあたしをみつめました。

「マタクルヨ、サヨナラ」

「マタキテネ、サヨナラ」

あたしたちが首をのばしてそういうと、KもLもあたしたちの頭をおさえつけ、自分たちはすばやいキスをかわして別れました。

あたしは恋をしたようでした。もちろんあの純白のヤンニに、です。かれもあたしもほとんどおなじ月に生まれ、まだ若すぎたのですけれど、結婚するとしたら、ヤンニ以外には考えられないとあたしは心にきめたのでした。長いひげ、鋭くて男らしい爪、緑色の眼、つよくてしなやかな脚、まだ柔かい、薔薇色をした足の豆、優雅なしっぽ、それらはすべてあたしたち女を魅惑してやまないものでした。それにあの純白の毛皮！


気がつきますと、Kがあたしをじっとみつめていました。真剣な、こわい顔でした。

「なにをぼんやりしてるんだ、ミカ」とかれはいいました。「あんな小僧に迷わされちゃいけないよ。あれはみかけだけなんだ、まっ白できれいそうにみえるが、男というものは、年ごろになると声変わりして、いやらしい声をはりあげて外をほっつき歩くんだ、それも女のしりを嗅ぎまわって。あの毛だってたちまち鼠の毛みたいに汚れて硬くなるんだ。ちっともいいことなんかないさ」

「ダッテ、パパ……」とあたしはKの膝のうえで首をふりました。

「さあ、だっこしてあげるよ。ぼくといっしょにねよう」


Kはあたしをだいて、ベッドにはいりました。なんだか、大きな獣でもいたような匂いが残っているようです。いやな匂いでした。あたしは決然としておしりのほうから外へはいだそうとしました。「おとなしくするんだ、ミカ」といいながら、Kはあたしのしっぽを手のなかにまるめ、あたしを毛布のなかにおしこみ、腕を曲げてバリケードをつくってしまったので、あたしもあきらめ、はらばいになって顎をKの腕にのせてじっとしました。厚い手がゆっくりとあたしの背骨にそって動いていました。でも、いつもとはちがうのです。それは機械的な動きで、あたしのことをおもっているのではないのがわかるのです。

「パパ、ドウカシタノ？」

「きみは愛しているのか？」とKはいいました。「愛している、いない……大した問題じゃないんだ。ぼくだって、《愛してる？》ときかれたら《愛してない》と答えるほかないんだから……」

「愛シテルワ、愛シテルワ」

「うるさい。ミカは黙っていてくれ」とKはいらだった声でいい、あたしの顔全体に大きな手でマスクをしました。Lがきたあとは、よくこういうことがあるのです。あたしが生まれるまえから、いわば大昔からKとLは婚約しているのに、いまだに結婚する様子はみえません。それが問題なのだとあたしはおもっていましたけれど、口をだすべきことでもありませんから、黙っていました。それに、あたしはKがLのような女と結婚することを望みませんでした。彼女といっしょにくらすことになるとどんな危害を加えられるか知れたものではありませんし、そうでなくても、あの変な匂いのするLが毎晩Kとおなじベッドにねて、あたしは二人のあいだで窮屈なおもいをしたうえ、Lの冷たい足をあたためさせられてはかなわないとおもうのです。でも、ヤンニもいっしょなら……ふいにあたしはそのことに気がつきました。KとLが結婚したら、あたしもヤンニといっしょにいられるにちがいありません……しかしこのときのKは絶望的にぐったりしていました。あたしは心から同情をおぼえ「ネエ、元気ダシテ」といいながら、ざらざらした舌でかれの鼻や、唇のまわりをなめてあげました。

危険を犯してLの家まで忍んでいったのは、それから二週間ばかりたったある夕方のことでした。KがLの家へでかけたとき、あとをつけて道をおぼえておいたのです。しばらくみないあいだにヤンニはいちだんと男らしくなっており、しかしあいかわらず大きく美しい緑色の眼をしてあたしに鼻をすりよせてきました。

「ヨクキテクレタネ、危イノニ」

「足、痛イワ。足ノ裏ガコンナニ汚ナクナッチャッタ」

そういってあたしが坐りこんで足をなめはじめますと、ヤンニは紫がかったうぶ毛におおわれているあたしのおなかの下のほうをじっとみつめていました。ついヤンニのまえで悩ましい姿勢をとっていたのでした。ヤンニは「キミガ好キダ」といい、あたしを抱擁しようとしました。「ボクハモウ子ドモジャナインダ」

「ダメヨ、イケナイワ、ヤンニ」といいながら、あたしは自慢のしっぽをぴんとたてて逃げだしました。あたしには自信がなかったのです。

「キョウハ許シテ、アタシ、マダアンタホドオトナジャナイノヨ」

「ソンナノ、口実ダ、ドウシテボクヲコワガルンダ？」

あたしたちは黒と白の輪をえがいて走りまわり、とうとうヤンニがつよい腕であたしの胴をかかえこむことに成功すると、あたしは恐怖に似た歓喜に身をふるわせ、ヤンニの子どもがほしいことを確信し、土に爪をたてて、そう叫びました。

そのとき、あたしたちのうしろからけたたましい笑い声が襲いかかったのです。Lでした。ヤンニもあたしも立ちすくみました。

「おばかさん、あんたたち、下手くそね」

「ミカ、マズイヨ、早ク逃ゲルンダ」とヤンニは狼狽した声で叫びました。

「イヤイヤ！」

「ミカちゃん、そんなこわい眼であたしをにらまないで」とLがあたしにむかっていいました。「まるであたしを骨まで食べようという眼だわ」

「ソウジャナインダヨ、ママ」

ヤンニは悲しげな眼をしてLの脚にからだをすりつけました。Lはヤンニをだきあげ、気もちのわるいほどのやさしさでヤンニの下顎と耳のうしろを愛撫しました。それをされるヤンニはすっかり従順になって、Lの手のなかにまるめこまれ、セーターの下におしこまれてLの胸の谷間におさまったらしく、うっとりした顔だけをだして家のなかへつれていかれたのでした。

「モウ知ラナイ、アンタニハ会ッテアゲナイカラ」とあたしは叫び、いちもくさんにKのところへ帰りました。

その翌日のことでした。Lがやってきました。あたしはあたたかいテレビのうえで知らん顔をして眠ったふりをしていましたが、彼女はあたしをみつけると長い指をのばし、あたしの耳を折り曲げたり頭をコツコツたたいたりしたあげく、Kにいいました。

「きのう、ミカちゃんがヤンニに会いにきてたわよ」

「知らないね。ミカはずっとうちにいたとおもうんだが」

「愛しあってるのよ」とLはひどく冷酷にひびく声でいいました。

「ああ、すばらしいことだ」とKもいいましたが、まるで呪っているような調子でした。

「年ごろだしね」

「そうなのね。ヤンニもこのごろすごく発情してるわ。あなたとおなじで、オナニストなのよ」そういってLは笑いだし、Kも涙をためて笑うのでした。「あたしの枕をかかえこんで、つまりそれをミカちゃんだとおもって、妙な動作をくりかえすの。眼がすわって、気もちがわるい。それからちょっぴり枕をぬらしちゃうのよ、ヤンニのあれ、みた？ とてもかわいいのよ。あたしがあおむけにしておなかを撫でてやると、眼を細めてうっとりしてる。そして、だんだんと下へおりていくと、たんぽぽみたいな毛のなかから、薔薇色のアスパラガスがあらわれるの、ちっちゃいロケットみたいに」

「それで、結局ヤンニはミカとあいしあったの？」

「ううん、まだ。ヤンニはまだ童貞よ」

「ここへつれてくればいい」

「あなたがかまわないなら、そうしてもいいわ」

「なぜ？」

「だって、ミカちゃんに子どもが生まれるじゃない？ いいの？」といいながらLはKの首に両手をまわしてKをのぞきこみました。二人はその眼のなかにあたしには理解できない奇妙な笑いの炎をちらちらさせ、尖った蛇の頭みたいな唇を近づけて、しかしけっしてそれで吸いあうようなことはせず、鋭い舌をのぞかせながら、やがてどちらからともなく相手をくすぐりはじめるのです。なんともふしぎな恋人同士でした。あたしの知っているかぎりでは、かれらはベッドのうえでもそれ以上のことはしません。二人にとって、愛撫とはひどくくすぐったいものらしく、途中でどちらかが笑いださずにはいられないようでした。

「ヤンニとミカも、どうしてあんなことしたがるのかしら？」とLがいいました。

「とてもこっけいなことだとおもわない？」

「ああ」Kはあたしをひきよせ、足の豆をおして爪をだしたりひっこめたりさせながらいいました。「ぼくたちだってそのこっけいなことをずいぶん熱心にやったことがあるね」

「結婚するの、あたしたち？」とLはいい、立ちあがりました。「もう結婚する理由はどこにもないわね」

「でも」とKはあたしの鼻にキスしてからいいました。「結婚しないという理由もないようだ」

「あたし、帰るわ」

あたしにはどうしていいかわかりませんでした。しかしべつに気をもむほど深刻なことでもなかったのでしょう。

　Lが帰ったあと、Kはベッドにもぐりこみました。あたしも頭のほうからはいこみました。かれがまっすぐに仰臥したので、あたしはかれの胸のうえにはらばいになり、大きなあたたかい心臓の鼓動をおなかで感じていました。そのとき、Kは首をもたげて、あたしをみつめました。

「ナニヲ考エテイルノ？」

「ミカ、好きだよ、ミカが」とKは骨のなかで反響してきたような声でいい、灰色がかったうつろな肉のレンズをあたしにむけているのです。どこをみている眼でもありません。でもそのなかに、あたしが二つ、黒い顔をちょっと傾けた二人のあたしが、うつっているのでした。あたしはKの眼のなかにいるのでした。かれはあたしを愛しているんだわ、とあたしはおもいました。もちろん、そんなことはまえからわかっていたのです。そうでなければ、排泄のしまつもできないほど小さかったころから、あたしを育てることなんかできなかったでしょう。あたしは心から《パパ》に感謝していました。でも、かれにとって、あたしはなにものかしら？　なぜかれはあたしを選んだのでしょうか？　あたしが純粋にまっ黒で、つやつやした毛皮や、緑と金色の色ちがいの眼、形のいいしっぽなどをもっていたからでしょうか？　たしかに、Kは世間の人間たちとはちがって、黒いあたしの高貴な魅力をよくみぬいています。しかしそんなこともいまはどうでもいい気もちでした。あたしが誇りにおもうのは、あたしの愛、そしてかれのあたしにたいする愛だったのです。あたしたちは最初にであったときから、たがいに選びあったというべきでした。

そんなことをあたしはKに告白したいとおもいました。できれば涙もたくさん流したかったのです。でもそれは無理なことでした。

「アタシハアンタノ女ヨ、アンタノモノナノヨ」とあたしはくりかえしていいましたが、かれはいかにも重々しい、あたしの何百倍もある巨大な存在として横たわっているだけでした。「アタシハヤンニトモ結婚シナイワ、アナタノトコロニイルワ」

あたしはかれの顔に両手をかけてその口をなめ、それから腕のつけねの毛の房を噛み、胸や腹のうえにざらざらした舌を走らせました。くすぐったいというよりは痛かったことでしょう。下へおりていったとき、太い柱にぶつかりました。あたしはそれを食べてしまいたいとおもいました。でも、食べたらなくなるので、Kはきっと怒ります。あたしはそれをやさしくなめはじめました。かれはからだをふるわせ、あたしをだきしめました。あたたかいものがあたしの顔いっぱいにかかったとき、あたし自身もエクスタシイのうちに聖女になったような気がしたのでした。

ベッドからでて舌と唾でお化粧をなおしていますと、Kがあたしたちの食事をつくりました。といっても、あたしは少食ですから、かれの手のひらのうえで食べさせてもらうだけで充分なのです。夕食のあと、Kはテレビをみ、あたしはテレビのうえにねそべってKをみていました。やがてかれが「ミカ、ねよう」というのを待ちながら。

海のスフィンクス

金井美恵子

かない・みえこ（一九四七〜　）

群馬県生まれ。早くから創作をはじめ、一九六七年に「愛の生活」でデビューし現代詩手帖賞受賞。『タマや』（女流文学賞）をはじめ、猫が登場する作品多数。

【初出】「小説現代」一九七一年十一月号
【底本】『金井美恵子全短篇 I』（日本文芸社、一九九二年）

ぼくがまだ真夏の甘美な至福の中で、淡褐色の海蛇の子供のように無意識で自由だった頃、というのはあのことがあって以来、ぼくは自分がそれまで生きていた少年らしい楽しみと喜びに充ちた世界を失って、夢の航海者ともいうべき船乗りになってしまったからですが、その年の夏も、見かけは同じようにしてやって来ました。

そういくつもの夏を経験したわけではないけれど、いつもと同じように、雨期があけて太陽が黄金色に燃えはじめ、夏がやって来たのです。その年、ぼくは生れて初めて一人で旅をしたのがいつもの年と違っていました。古風な両親が、有難いことに、ぼくが夏休み前に十二歳になったので、もう一人旅をしてもいい年頃だと考えたのと、仕事の関係で両親が外国へ旅行することが急に決ったからでした。これはぼくにとって、大変な幸運に思えました。そんなわけで、その年ぼくは浮き浮きした気分で生れて初めて一人で長い旅をして、島にやって来ました。長い旅の間、ぼくは両親が飛行機事故で死んでしまうという妄想にとりつかれ、そのことばかりを考えつづけていたのですが、その妄想は甘美にぼくを酔わせ、目を閉じると、黒い煙と炎を吐きながら青い空の高みから落下する飛行機の銀色の機体と、無惨な両親の死体が浮かんで来るのでした。

三色旗色《トリコロール・カラー》の蠟紙のカップに入ったアイスクリームや、氷の塊の入った木製の箱で冷やした生ぬるく冷えきっていない清涼飲料水や、薄いハムの入ったサンドイッチや砂糖でくるんだ杏菓子のようなものばかり食べて、ぼくは両親の死という甘ったるい悲劇について考えつづけていました。

みなし子になるという空想がひどく気に入って、ぼくはさすらいの少年ガンマンか吟遊詩人や、あるいは旅するすべての、気ままな冒険者の姿をしている自分を、夢の唾液でもってこねくった泥饅頭のように次から次へとつくって空想の中へ没頭し、美しい女のために命を落したり、仲間を裏切って逃げたり、乞食になって食物をねだったり、船乗りになってみたりしました。時々、両親の死を空想してみることのない子供というのは、おそらくいないでしょう。それはごく子供っぽい単純な悪気のない空想のゲームのようなもので、規則正しい汽車の進むリズムに身体をゆすられて移動する、やさしい、緑色の風景を眺めながら、石炭の煤のまじった車体をかすめてビュービュー吹きつける強い風に顔と髪をなぶられ、旅という奇妙に中途半端な宙ブラリンの状態の中で、陶然と頭の中に充満する蜜状の夢でした。汽車が駅にとまるたびに、ホームを歩きまわりながら食物を売ってあるく男や女がいて、ぼくは、見事に熟して甘いやわらかな果肉が香りをたてている水蜜桃や、砂糖漬けの果実、皮が金褐色に輝いている名前の知らない魚の燻製、砕いた胡桃の乗った菓子パンなどを買って食べました。おかげで島に到着した時はすっかり気分が悪くて胸がむかむかしていたけれど、貝を殻ごと火に乗せて焼いている、あの何ともいえない海のにおいをかぐと、また食欲が出て来て、浮き浮きするのでした。

夏休みとともに始まる長い旅と島での生活は、ぼくを渡り鳥のような気分にさせてくれました。鳥たちが巣を作り守るように、島にはぼくの秘密の場所があり、そこは土地の子供も知らないぼくだけの秘密の王国の領土で、午後の強烈な日ざしを浴びながら裸で横たわり、ぼくはぼくだけの快楽を発見しました。とりとめのない夢と空想が極点に達した時、遠い世界からやって来る感覚が、背筋に黄金の細い線を刺し貫かれたように走り、掌をその熱い塊の根元に持って行けば、銀色に輝く甘美な蜜がぼくの肉体から溢れ出ることを知っていましたが、なぜかその簡単な機械的な動作がぼくには出来ませんでした。ぼくはあの秘密の儀式、淫らな空想の虚空の果てへそれを放射する儀式をやりませんでした。正直に言えば、それをしてみたい誘惑はあったのですが、わけのわからないおそれがぼくの手を動かなくしてしまったのです。だから、ぼくは強い透明なオレンジ色の太陽の光線で肌をあぶられながら、真実の快楽について思いをめぐらせていたけれど、島の若者たちが集る小さな食堂（そこには壜入りの清涼飲料水やアイスクリームを買うためによく行ったのです）で、若者たちが話している卑猥な冗談や戦利話のことを思い出すと、気分が悪くなりました。島の年のいった少年たちは若者たちの話をニタニタといやしい笑いで相好を崩しながら聞いていて、話が佳境に入ったところで唾をのみ込み、ドッと笑い崩れてお互いの身体をこづきあい、興奮した少年たちは片足で小さな野生の動物のようにピョンピョン飛びはね、最も興奮した少年はズボンをずり下ろして自分の勃起したものを誇示し、皆は口々にはやしたてたり笑ったりしました。ぼくには彼等の粗野で乱暴なふるまいが恥しかったし、彼等の身体から発散する海獣めいた体臭も耐え難かったけれど、もの珍しさと嫌悪で、その場から動くことが出来なかったのです。褐色の肌をした敏捷な肉体を持つ若者たちは、ひどく荒っぽい鈍重さで、島の尻軽娘たちや港の娼婦たちとの情交を、猥褻な身振りをまじえて吹聴しあい、欲情して赤黒くむくんだ顔を輝かせているのでした。彼等の話はぞっとするような内容だったし、実際、彼等に犯された娘（それは貧しい漁師の娘で、何もかも大きな肉感的な娘でしたが、白痴でした）

の無惨に痛めつけられた姿を見たことがあったので、それが快楽であるなどということはとても信じられませんでした。

　島の中年の女たちや老婆は、ぼくのことを、ぼっちゃんと呼び、道ですれ違う時などは丁寧におじぎをしてくれたので、ぼくも帽子を取っておじぎをかえすのですが、彼女たちと話をしたことはありませんでした。若い娘たちはぼくを見るとクスクス笑ってお互いの身体をつつきあい、ぼくが通りすぎてしまうまで道のかたわらに立ちどまって待っているのでした。子供たちは、ぼくと同じ年くらいの子供は、めったにぼくと一緒に遊んではくれず、貝殻集めや魚つりや潜りを教えてくれたのは、ぼくより小さな小学生の男の子たちでした。いつも年上のリーダーの下で遊んでいた小さな男の子たちは、すべての遊びにおいて彼等より熟練していないぼくを支配するのが好きだったし、ぼくは自分より年の小さい子供に命令されながら長い時間潜水していることを覚えたりするのが、それほど恥しいことだとは思いませんでした。技術なんてものは、ぼくには本質的なことではなかったからです。でも、小さな子供たちと一緒に遊ぶのは退屈で、彼等の鈍重さにぼくはすっかりうんざりしてしまい、一人で島を探検する方が面白かったし自由だったので、ひととおり潜りや泳ぎの技術を習得してしまうと、一人でいる時間の方がずっと長くなり、島の子供たちとはめったに遊びませんでした。

一日は長く、海の光の中をゆっくりと流れ、目がくらむような光の微妙で大胆な変化の中で、海はうねり、白い泡のレースの縁どりで飾られた波が砂浜と岸辺に砕け、島の内部の森の中では、小さな動物たちが飛びまわり、昆虫たちは眠くなるような羽の音を絶えずたてながら、琥珀色の光線の果汁《ジュース》のような木もれ日の中を飛び、湿った地面では兵隊蟻の師団が掠奪の行軍を続け、森は緑色の厚い壁に覆われた寺院のドームのように見えました。木もれ日はステインド・グラスから降り注ぐ天上の光のようだったし、蝉の鳴声はドームに響きわたり、音の雨のように森の聖歌を大合唱し、それを聞いていると頭がおかしくなりそうなほどでしたが、ぼくは喜びにふるえていました。島の自然のすべてをぼくは好きでした。

ぼくは確実に少しずつ大人になりかけていました。子供から大人になりかける時期には誰でも一時的に頭がおかしくなるのにちがいありません。あえかに自身の肉体の中で起こりつつある変化が、やがて眼に見えるものとなり、なめらかな子供の咽喉だった薔薇色の首筋に、肉の小さな球根がふくらみはじめ、聖歌隊の少年歌手のようなボーイ・ソプラノは、がさがさと掠《かす》れた苦し気な声に変って行くのでした。女の子たちは小さな未成熟の桃のように少し丸味をおびた乳房でブラウスの胸を微かにふくらませ、自分たちの流す奇妙な血の噂をひそめた声でかわしていました。

ぼくは自分が確実に大人になっていくゆるやかな変身の中で、黄金の至福の蜜を吸いながらあたたかく優しい無意識の時の流れに身を浸していた幼虫の時代から脱け出すのがおそろしくもあり、誇らしくもあったのです。

その夏、枯れた草原を渡って行く風のように掠れた声で喉をひりひりさせながら、ぼくは島の港に着きました。本土と島を往復する白い小型蒸気船も、波を切って進む船体の周囲で砕ける波も、青く輝き騒ぐ海を渡る強い風も、何もかも去年のままでした。

港へ迎えに来てくれたおばさんは、ぼくが去年より頭の分だけ背が伸びたと言って驚き、一人旅を心配していたのでオロオロして涙を流しました。ぼくはそれが照れくさかったし、おばさんがぼくのことをまだ子供だと思っていることが不満だったのと、旅行中の暴食のせいで気分が悪かったので、不機嫌な様子をして彼女をがっかりさせてしまったかもしれません。おばさんは島や海の風景と同じに、少しも変っていませんでした。彼女が若かった頃（その頃、彼女はぼくの母の家で働いていたのですが）というのがぼくには想像出来なかったけれど、そのかわりこれ以上年をとるということも想像出来ないといった女でした。初めて見た時といつまでたっても同じ様子をして、いつも木綿の白と灰色がかった水色のまぜ織りのゆったりしたワンピースに大きな茶色のエプロンをして、淡褐色の肌と太った大きな身体を軽やかに動かすのです。おばさんは背黒カモメに似ていました。

港からバスでおばさんの家に行き、焼いた貝と西瓜を食べながら、ぼくたちは饒舌にしゃべりあい、これから始まる夏休みの生活のあれこれを考えて興奮し、ちょっとのことでも転げまわって笑うほど上機嫌になっているのでした。変ったことといえば、島の郵便局長をしているおじさんが、今年から卵をとるためにレグホンを五羽飼いはじめたことと（そのために庭には鶏の糞の奇妙な臭いがしてました）、十三年も生きていたイヌという名前の大きな毛のフサフサしたトラ猫が老衰で死んだことくらいなのです。イヌとぼくは仲が良かったので、それは悲しいことでした。「でも、イヌはちっとも苦しがらずに、眠るみたいに死んでいったんだから」とおばさんはぼくをなぐさめてくれ、イヌは海で水葬にしてやった、イヌは泳ぐのが好きだったし、若い頃はミズナギドリよりも上手に潜って魚を取ったほどだから、と言いました。

その夜は幸福でした。寝床に入ってしまってからも海の打ち寄せる波の音が聞え、風が弱まるとブツブツ老人がつぶやくような音をたてながら海は不眠の波を岸辺に打ちよせているのです。旅をして疲れているはずなのに、とりとめなく興奮してなかなか寝つけませんでしたが、幸福感で息がつまりそうでした。島の澄明な太陽を浴び、潤《しめ》った夜の大気の中で自分が生き生きとした野生の獣や海鳥に変って行くのが、ぼくにはよくわかっていました。

翌朝眼が覚めた時も、ぼくはまだあの夜の大気に潤おされた幸福感を皮膚全体にまとって、甘美な夢と現実のあわいの時の中で、四肢を伸しました。新鮮なミルクと卵と烏麦のおかゆと黄色い向日葵の色をした甘い瓜の朝食を食べてから、おばさんの作ってくれたお昼の弁当とミルクの入った魔法瓶《テルモス》を持って、ぼくはあの秘密の入江へ出かけたのです。長い休暇の第一日目は、やはり入江に行くことで始めたかったし、そこから眺める潮の流れの強いうず巻いている乱暴な海が好きだったからです。

あのすばらしい入江に島の子供たちが目をつけないのは不思議でしたが、そこへ行くためには森のひときわ厚く生茂った部分を通りぬけなくてはならなかったし、入江は岩だらけの危険な場所でもあったのです。おばさんに岩の入江に行ってはいけないと言われていたし、その危険さは承知していましたが、ぼくはあまりにも無知で、危険に近づくことの真の危険さを認識していない小さな冒険家でした。危険の真の意味を知らない者にとっては危険は存在しないも同然で、ぼくは本能的なずるさで、岩の入江に行ったことは秘密にしてはいましたが、危険から身をそらしやりすごす知恵よりも、危険な入江の持つ美しい外見と、その孤立した人気のなさから得る秘密の楽しみの方が重要に思えたのです。

一年ぶりに森をとおりぬけ、丈高く生茂った叢《くさむら》をかきわけながらしばらく行くと、突然眼の前に海がひらけ、目路のかぎりつづく青い輝きと太陽がぼくをくらくらさせました。小さな入江から一キロほど離れた岬の岩壁に巣を作っている海鳥の群れが奇怪なしゃがれ声で鳴きながら波頭すれすれに飛翔しておりました。風はそれほど強くなくて、入江の岩をひたす波は、絶えずピチャピチャと大きな獣が舌を鳴らして水を飲んでいるような音をたてておりました。ぼくはごつごつした岩と岩の間のバルコニーのように平になっている岩に寝そべって海を眺めるのが好きでした。

その時もぼくはいつものように濡れた岩の上を注意深く進んで岩のバルコニーへ降りようとしたのですが、信じ難いことにバルコニーには先客がおりました。ぼくらはバルコニーと岩の上から敵意のこもった視線《まなざし》で見つめあい、ついに相手の方がさきに非難がましい調子で命令的な言葉を叫びたてました。「来ないでよ！　あっちへ行きなさい！」先客は、ぼくよりも二つほど年上に見えるすらりとしたまるで美しい少年のような身体つきをした少女で、突然あらわれた男の子に対する驚きと腹立ちに顔を赤らめ、眼を怒りに燃えあがらせ、少女の足もとでは、大きなまるで山猫のように狂暴そうなトラ猫が、耳をピンとたて、威嚇するように背中を丸め全身の毛を逆立てて唸り声をあげていました。少女は側近の山猫を従えてバルコニーに立っている王女のように、傲慢で居丈高な様子をして命令し、ぼくがスゴスゴ立ち去るのを待っているようでした。

ぼくは恥しさと傷つけられた自尊心から流れる血で胸がつまり、耳が燃え上ったように熱くなりました。自分だけの秘密のバルコニーだと思っていた場所に、見知らぬ他人を発見し、そればかりか、その他人に立ち去るように命令されて、自尊心を傷つけられない人間がいるでしょうか。ぼくは大きな声で叫び返してやろうとしたのですが、不運にも変声期の最中《さなか》の、滑稽なカサカサいうしゃがれ声を励ましてようやくこう言っただけでした。

「あっちへ行けだって？　よくそんな事が言えたもんだ。そこは去年ぼくが発見したバルコニーなんだぞ」すると少女は、態度を少し和らげましたが、それもその前にぼくの滑稽な発声をひとしきり、嘲笑した後でした。

「あんたは島の子じゃないわね？」と、少女は意地悪そうな眼を好奇心で輝かせてぼくに言いました。「悪いことをしなければ、降りてきてもいいわ」

彼女の口調は相変らず命令的でしたが、それは自分がぼくより年上だということを知っていて、わざと大人ぶっているようなところがありました。ぼくはまだ自尊心の傷が癒されてはいなかったのですが、少女の様子はどこか風変りで人をひきつけるところがあり、その魅力には抗い難かったので、ぼくは素直にうなずいてバルコニーへ降りました。

ベージュ色のトラ猫は小さな女主人が態度を軟化させて敵の少年を迎え入れようとしていることを敏感に悟って、少女の足もとに寝そべり、しなやかな首を背中にまわし、薔薇色の尖った薄い舌で毛皮の手入れをはじめていました。トラ猫はよく見ると、あのイヌに驚くほどそっくりでした。「なんて名前？」とぼくが猫を指さして少女にたずねると、彼女はほっそりした指で猫の滑らかな毛皮をなでながら、スフィンクスと答えました。ぼくは唖然となり、この猫とそっくりのもう一匹の死んでしまった猫がイヌというおかしな名前だったということを少女に話しました。

「スフィンクスはどこからもらったの？」

「もらったんじゃないわよ。スフィンクスはね、そんじょそこらの平凡な馬鹿猫たちとは違うんだから！ あんたなんかには想像もつかないでしょうけど、スフィンクスは海を泳いでやって来たのよ。海狸《ビーバー》よか上手に海を泳いでるところを見つけて、あたしが飼うことにしたのよ」

彼女は誇らし気に猫の自慢をしましたが、ぼくはスフィンクスが海を泳いでいるところをひろわれたということに驚き、イヌが海で水葬されたこと、そしてミズナギドリよりも泳ぎが上手だったことを話し、イヌとスフィンクスはなんらかの暗号で結ばれている、と主張しました。

少女はその意見がすっかり気に入ったと見え、胸のあたりで両手を打ち鳴らし、イヌは海で甦ったのに違いない、絶対に、海にはたとえて言えば神秘的な生命《いのち》の泉のようなものがあって、死んだイヌはそこで甦ったのだ、と言いました。「あんた、イヌの特徴を何か覚えてない？　入れ歯や刺青や、喧嘩の時の傷あととか、毛並みの目立った特徴とか……」ぼくは、イヌの特徴というか人並み外れた点は、その巨体と水泳が達者なことで、身体に傷その他の欠陥はなかったことを言いました。彼女は満足気に笑いながらうなずき、イヌとスフィンクスは同一の猫であること、ただイヌでありスフィンクスであるこの猫は、自分がかつてイヌであったことを記憶しているかどうかわからないということを言い、更にぼくたちの不思議なかかわりあい、甦った猫のとりもつ生と死を結ぶ関係は重要な意味を持つことになるだろう、とおごそかに宣言しました。まるで彼女は海神《ネプチューン》の娘のように堂々としていて、言うことはいちいち断定的でした。

背中の毛皮をザラザラしたよくしなう長い桃色の舌で舐めているスフィンクスに、ぼくは「イヌ！　イヌ！　イヌ！　おいで、おいで」とリズムをつけて膝を打ちながら呼びかけました。すると、どうでしょう。スフィンクスは首をもたげてぼくの顔を利口そうな眼で見つめ、身体を起してぼくのところへやって来ました。そして、膝に頭をすりつけ嬉しそうにミャウウと鳴き、親愛の情を示すやさしい嚙み方で、ぼくの親指の下のふくらんだところを嚙みました。少女は嫉妬で顔を赤らめながら、あんたの手にはお魚の汁でもついているんじゃない？　と憎まれ口をたたきましたが、ぼくは少女がどんな喋り方を好むのか、なんとなくわかりかけていたので、いちいち腹を立てたりはしませんでした。

　ぼくは空腹を感じはじめていました。少女も空腹だったらしく、お昼を食べようとぼくに言い、かたわらのバスケットをひきよせて、包みをとり出しました。乳白色のパラフィン紙に、はしばみ色に油が光っている魚の揚げたものや、胡瓜やトマト、杏とマンダリンのジャムを塗ったパン、クリームをはさんだワッフルなどが別々に包んであり、他に小さな魔法瓶《テルモス》に入ったミルクもありました。ぼくの昼食は、平目と卵のサンドイッチ、大きな帆立貝の殻につめたサラダ、胡桃入りの焼き菓子、それとミルクで、ぼくらはスフィンクスに魚とミルクをわけてやり、二人の昼食を少しずつ交換しましたので、昼食は大層豊富なものになり、ぼくらは（スフィンクスも含めて）充分な健啖ぶりをしめしながら、話をしました。

　彼女の名前は偶然にもぼくと同じで叡というのでした。「叡知《えいち》の叡《えい》よ」と彼女は言いました。

「アキラって呼ばれるのは、でも、嫌い。エイって自分では言ってるんだから、あんたもあたしのことをエイって呼ばなきゃ駄目よ。エイなんて、鞭みたいな毒の尾びれを持ったお魚の名前みたいで、アキラなんてのより響きがいいもの」

「ぼくも同じ名前なんだ。叡知の叡」

　ぼくはこの偶然に息をはずませて言いました。すると彼女は、ひどく喜んで、あたしたちは海に住む二匹のエイなんだわ、と言って笑い、同じ名前を持っていることでぼくらは、お互いの間に一層親密な太古のエーテルが充満しはじめたことを知ったのでした。

　叡の両親は死んでいたので（なぜ死んだのか彼女は語りませんでしたが）、彼女は母親の兄のところへひきとられたのだと言いました。叡は島のおばさんの家とは反対側の岬に近い漁船の船主の家に住んでいて、おじさんの子供たちは遠くにお嫁に行ったり、長男は都会の大学に行ったりしていて、子供は自分一人だから気が楽だと言いました。へたに同じ年くらいの子がいたりすると、きっと物も知らない馬鹿な子に決っていて、そんなのと同じ家に暮して恩をきせられたりするのは絶対いやでしょ。馬鹿な甘ったれ娘や息子に限って、両親をなくしてひき取られてきた可愛そうなみなし子をいじめるものなのよ。世の中って、そうなんだから。彼女は妙に大人びた言い方でそう言い、自分をかわいそうなみなし子だと思う人がいたら、よっぽど無感覚の人間だけど、と笑いながらつけたしました。

叡は笑っていましたけれど、何か彼女の舐めてきた辛酸をぼくは思わず想像しました。その日は風がほとんどなく、海の微風ともいうべき軽やかな風が、海の青い表面に無数の銀青色の鱗片のようなきらめきを作っていました。微風は彼女の額にはりついた汗に濡れた縮れ毛を軽くなぶるだけで、大層暑い日でした。太陽は天頂で燃えあがり、陽にさらされた身体がひりひり痛むのでした。

それから、ぼくたちは、彼女流に言えば、二匹のエイと猫のスフィンクスは夏の間来る日も来る日も遊びつづけました。森の緑のドームの中で自堕落に寝そべって昼寝をしながら、白いリンネルのゆったりしたワンピースに覆われた叡の細っそりした身体と美しい蒼白の顔を、ぼくはうっとり眺め、幼い恋の恍惚に身体中を熱くしながら、彼女にもっと今よりも気にいられようとして、スフィンクスにさえ競争心をあおられる始末だったのです。

　ぼくと叡とスフィンクスの充足された至福の日々は、永遠に続くかと思われました。スフィンクスが森で蛇と格闘して蛇を嚙み殺したのを彼女が賞讃したりすると、ぼくはそれ以上の冒険を彼女の眼の前ですぐに演じてみせなければ気がすまなかったし、彼女のどんな無謀な命令にも服従しました。叡は自分がぼくにとって絶対的な存在であることにすぐ勘づいてますます乱暴に居丈高に振舞い、突然、癇癪を起してスフィンクスやぼくにあたりちらしたりしたので、ぼくは彼女をどうあつかっていいのかわからず、ただオロオロするばかりでした。

　叡は普通の少女たちと違って、海や海岸に棲息する奇怪な動物たちを気味悪がったりしなかったし、むしろそういったグロテスクな生物たちが好きなのでした。様々な生物たちの棲息する曲りくねった線状の海岸は、満潮と干潮という海の移動のために水はよくかきまぜられ、酸素や炭酸ガスがとけ込み、太陽の光がとけ込み、奇妙な小さな生物たちの恰好な棲家なのだと彼女は言いました。「海は、生と死の溶液なのよ」彼女は砂浜で、桃色の天使の小さな羽のように透きとおる貝をひろいながら言いました。「海には生と死の蜜が溶けていて、太陽がそれを繁殖させるんだわ」潮のひいた濡れた砂浜で、貝殻や、ゴカイやイソメやコムシといった環節を持った気味の悪い紐状の虫や薔薇色のグニャグニャしたゴム管のような虫を見つけながら（ぼくはそういった海の生物の蠢《うご》めく様子を見るのは大嫌いで気持が悪かったのですが）、叡はそれ等を興味深げに観察し顔を輝かせました。

スフィンクスは、水たまりで蠢めいている、十センチほどの薔薇色の体のまわりにフリルのようなヒラヒラのついたゴカイにじゃれつき、歯や爪をたてて痛めつけていましたが、それは胸の悪くなるような眺めでした。彼女は、スフィンクスが生捕った動物をなぶり殺しにする残忍な光景を見るのが好きで、ぼくがそれを見るのをいやがって顔をうつむけたりすると、見なきゃ駄目よ、としかりつけて無理矢理に眺めさせたりしました。

彼女はそんな時、上機嫌で頬を紅潮させスフィンクスを殺し屋と呼び、犠牲者の血のかわかない濡れた口もとから舌を出して猫が彼女の顔を舐めたりするのを喜んで、わざと顔に魚の汁をなすりつけておいたりするほどでした。ついには叡は肌を焼くためにオリーブ油を塗るように全身に魚の汁を塗り、ぼくに命じて背中にも汁を塗りこませ、身体中から吐き気のする生臭い魚の臭いを発散させ、彼女はまるで本物の魚に変身したように、ゆるやかに身体をしなわせるのでした。彼女は次に、ぼくの身体に魚の汁を塗ることを思いつき、容赦なくそれを実行しました。ぼくらは二匹の魚の死体のように横たわり、魚の臭いに魅せられたスフィンクスはザラザラした舌で汁を舐め取り、時々爪をたてたり嚙みついたりしたので、ぼくらの身体はひっかき傷だらけでした。こうした行為を、ぼくらはお魚ごっこと呼び、あの快楽の蜜がぼくの身体から目くるめく回転のように、あるいは光のシュートのように溢れ出たのはそうした行為の最中でした。叡は、ぼくのことを生意気だといって面白がり、ぼくは黙ったまま晴れあがった空の青さを見つめていました。ひどく恥しかったし、魚の臭いはますます強まって汗とまじりあい、本当に胸がむかむかして、咽喉がかわいて咽喉の内側の肉がはりついてしまいそうでした。

　こうして真昼の太陽にじりじり焼かれ、スフィンクスの舌で身体を鞣《なめ》されながら、ぼくらは裸の皮膚のいたるところ、透明なオレンジ色の放射光線を奥深くまで吸い込み、真夏の日盛りの海辺が作り出す、狂気めいた夢の中に全身を沈めつづけました。輝きわたる暑さの中で、髪の一筋一筋が焔の舌を持つ蛇に変身して頭蓋のまわりで狂暴に荒れ狂い、頭蓋骨を覆って巡る血液は泡立ち、薄い桃色の肉は一切れの丸い腐肉となって汗をたらしながらとけはじめ、眼を閉じると、吐き気がするほど強烈な太陽と海の残像が、くっきりと、藍紫と蘇芳《すおう》色の幻想的な夜の風景として、目ぶたの裏に刻みつけられるのでした。ぼくらは相似形の二匹の魚でした。やがて、ぼくらはのろのろとしたもの憂い動作で起きあがり、森の泉で身体を洗って魚の汁をすっかりおとしてしまい、服を身につけました。

こうした甘美で奇妙な快楽の日々は、ぼくを目くるめく光芒に包まれた夢の底へ沈みこませ、ぼくの頭はどうかなってしまったのでしょう。太陽と海と森と魚の臭いの中に浮んだ透明な世界の中心で、ぼくらは、醱酵した夢の果実が醸しだす脳髄をさまざまな妄想でいっぱいにし、匂いたてる汗を流し、本物の二匹の魚に変身してしまったようでした。けれど、透明に輝く世界が永遠に続くということはあり得ないことでした。

あの日、港へ行くことを提案したのが、ぼくだったのかそれとも彼女だったのか、もうよく覚えておりません。港の船会社の隣りにソフト・クリームを売っている店があって、ぼくらはそこでコーン入りのソフト・クリームを買い、それを舐めながら港をブラブラ歩きました。ひどく暑い午後で、島中が火にあぶったマシュマロのようにぐったりと柔らかくとけてしまいそうなけだるさの中で静まりかえり、港に充満し染みついた魚の臭いが、動かない空気の中で熱され醱酵していくかのようで、ぼくらは身体中に汗を吹き出し、服は身体にぴったりはりつき、港の建物の蔭になったコンクリートの地面で、犬や人夫たちが裸同然の恰好で午睡をしていました。

本来なら、ぼくらも森の泉の近くで、蟬の大合唱と黄金色の木もれ日を浴びて午睡をしている時間だったのです。森の潤った稠密な冷たい空気や、ボコボコ音をたて透明な空色のガラス玉のような泡を浮べて湧きあがる泉のことを考えて、燃えるような暑さと腐った魚の中でぼくらは不機嫌に押黙り、食べ残しのコーンを汚物の漂う港に投げこみ、鱗翅目の羽のようなぎらつく虹色のオイルの皮膜を浮べた水の中で、オレンジ色のコーンが水分を吸ってふくれあがって行くのを眺めていました。

その時、叡がスフィンクスの姿が見えないのに突然気づき、大声で名前を呼びながら走り出し、ぼくも、スフィンクスの名を呼びながら彼女の後を走りましたが、あの猫のことをそんなに心配することはなかったし、殺し屋とも冗談に呼んだりしたけれど、まさしくあれは一種の怪物だったのですから、彼女の心配の仕方は奇妙に思われました。走っているうちに額の汗が眼に入り込んで、眼の前がかすみ、ぼくは叡とスフィンクスに腹を立てていました。

叡は二十メートルほどさきで立ちどまり、碇泊中の漁船の甲板の若い水夫に向って、「その猫から手をはなしなさい！」と叫んでいました。スフィンクスは水夫にしっ尾をつかまれて逆づりになり、ギャーギャー喚きながらその屈辱的な状態から脱《のが》れようとして四肢をめちゃくちゃに動かしているのです。水夫は、泥棒の殺し屋猫を殺してやるんだ、と喚き、叡の言うことに耳をかさないので、彼女は怒りに顔を蒼ざめさせ、甲板に飛びのり、いきなり若い水夫の頬を激しく打ちました。驚くほど大きな音が響き、ぼくはその場でわけのわからない恐怖の蛇に骨までからみつかれ立ちすくんでしまいました。

水夫は驚愕と痛さのためにスフィンクスのしっ尾をはなしたので、猫は素早く甲板の手摺に飛びうつり海にとび込んで泳ぎはじめました。水夫は叡に汚ならしい罵倒を浴びせかけ、彼女は肩をそびやかして水夫を嘲笑し、水夫は怒り狂って彼女を殴りつけたので、叡の華奢《きゃしゃ》な身体は甲板にたおれました。ぼくはわけのわからないことを喚きながら水夫に武者振りついたのですが、水夫に腕をねじ伏せられてしまい、苦痛と激しい動悸で掠れるきれぎれの言葉で彼を罵ってやるのが精一杯でした。水夫は、お前たちのおかげで、あの狂気猫《きちがいねこ》を逃してしまった。あの狂気猫はおれの大事にしていた鸚鵡《おうむ》を殺して食べやがったんだ、お前たちも狂気だ、と口汚なく喚きちらしました。水夫はひどく腹を立てていたし、ぼくと叡も彼に対して敵意を持っていたので、早く船から逃げだしたい気持ちでいっぱいでした。

甲板の上には緑色の羽が散乱し、首を嚙まれてぐったりした美しい鸚鵡の死体がころがっていました。叡は唇から糸のような一筋の血を流し、死人のように蒼ざめた表情で水夫を睨みつけ、眼は憎悪で燃えあがり、蘇芳色の麻の服の胸が波打っていました。彼女は自分が受けた屈辱に対して充分すぎるほど仕返しをしなければおさまらない激しい気性の持ち主だったので、ぼくは叡が水夫を殺すのじゃないかと思い、彼女の服の乾いた血の色が眼の前で燃えあがるような錯覚に眼がくらむ思いでした。けれど、蘇芳色の服からぼくが妄想した血は、水夫と叡の間に結局は流されませんでした。と言うよりも、彼女はもっと別の血を流すことになったのです。

それというのは、叡が焼けつくような甲板の上で、唇から一筋の真紅の絹糸のような血を流して蒼ざめた狂女のような憎悪を浮べて立ちあがった時、船室へ通じる扉が開いて、輝く淡褐色の肌をしたまるで海神《ネプチューン》のように大きくて立派な、中年の男があらわれたからなのです。その男は、驚くほど叡に似ていました。どこが、というのではなく、全体がまるで二つの相似形のように似ているのです。男はインド人が着るような白い薄織りの麻の寛衣を着て、太陽の光にまぶしそうに邪悪な眼を細め、甲板のぼくらを眺め、「どうした?」と海鳴りのような低音《バス》で言いました。若い水夫は、猫と鸚鵡の件と突然女の子が走って来て自分を殴ったことなどを卑屈な早口でまくしたて、その様子は、大きな男をひどく怖れているようだったので、ぼくはこの大きな男が船長なんだということがわかりました。船長は水夫の話を無表情に聞いておりましたが、鸚鵡の死体と散乱した羽を片づけてしまえと水夫に命令し、叡を長いことジロジロ眺めたあげく、船室へ来るようにと命令したのです。夜の海鳴りのような響き渡る低音《バス》で。

船長が何をたくらんでいるのかわかり、ぼくは哀願とも怒りともつかない無惨にゆがんだ顔で叡を見つめ、彼女が船長について行かないように願いましたが、彼女はきっと船室に降りて行くだろうということが、ぼくにはわかっていたのです。

叡は大きな海神《ネプチューン》のような男があらわれた時から、その残忍と好色を、太陽と潮風と動物のように本能的な知性で鞣《なめ》したような男に、自分とそっくりな姿を発見し、魅せられたように口もきけずに立ちすくんでいたのですから。彼等が同じ世界に住む人間たちだということは、一目でわかりました。そして、同じ人間を発見した叡が、もうぼくに見向きもしなくなることも。叡は情熱に燃えあがった、恋する女の眼をして、肉体の内部に出来た燃えあがる炎に髪をなびかせ、惹きつけられたように船長の後に従って行き、ぼくの前で船室の扉が閉されました。

ぼくは手摺に顔を埋めて泣きじゃくり、背後で若い水夫が表面同情をまじえた卑猥な口調で「かあいそうになあ。おめえの姉ちゃんは船長にやられちゃってるよ」と言い、それからもっと聞くに耐えない卑猥な言葉で、船長の身体の部分の異常な巨大さを言いたて、おめえの姉ちゃんも、ほんの娘っ子のくせにとんだあばずれらしいけどよ、と叡を罵倒しました。ぼくは船をおりて、泣きじゃくりながら森へ逃げ込み、夜になってもおばさんの家へ帰りませんでした。

　泣きじゃくりながらその夜は森で眠り、夜中に眼をさますと顔の横にスフィンクスがいました。スフィンクスはいつの間にかここへやって来て、ぼくを守っていてくれたのでしょう。ぼくはスフィンクスのかぎりなく柔らかで暖い体を抱きしめ、昼間のことが遠い遠いことのように思われ、そればかりか叡という少女にあったことも夢だったのじゃないかと疑いました。これはスフィンクスではなくてイヌで、ぼくは去年と同じままの少年なのではないかと。しかし、それが夢でないことは、蒼ざめて少しむくんだ顔の叡が白い服を着て立っていることでわかりました。

「あたし、船長と一緒に出航することに決めたわ。あの男の情婦になったの。だから、あんたとはもうあえないわね。スフィンクスは、あんたにあげる。大事にしてね」と彼女は無表情になんの感動もない口調で、言いました。「出航は、いつ？」「明け方よ」ぼくは黙ってうなずきました。彼女は何か言いたそうに口を開きかけ、思い直して口を閉ざし、少し笑いを浮べて「あんたはとてもいい子だわ」と言いました。「さようなら」ぼくはやっとの思いで言葉を咽喉からしぼり出しました。

それからぼくはスフィンクスを連れて港にひきかえし、漁船にしのび込み、魚の臭いの染みついた暗い船倉に身をひそめました。その臭いはあの森の入江での、魚のふりをして寝そべっていた頃の毎日を、いやでも思い出させ、そうしているうちに、ぼくは昼の疲れでぐっすり眠り込んでしまったのでしょう。船がまだ暗いうちに出航したことにも気づきませんでした。

深い深いまるで死んだような眠りの果てに、ぼくは海の太陽に皮膚が焼かれる暑さで目を覚しました。魚くさい船倉にいたはずのぼくと猫は、小さなボートに乗って、永遠の太陽がとけこむ海原を漂っていたのです。叡たちの船の姿は見えず、どこまでも目路の彼方まで続く、青一色の世界の只中にたった一人で浮び、ぼくは分水線の彼方に向ってボートを漕ぎはじめました。海は生と死をとかし込んで輝きわたり、スフィンクスは砂漠で王の墓を守るスフィンクスと同じ姿勢でボートの中で寝そべっていました。ぼくはその時から、もうただの子供ではなく、真実の船乗りになったのです。

ネコ

星新一

ほし・しんいち（一九二六〜九七）
東京生まれ。同人誌に発表した「セキストラ」が江戸川乱歩編集の「宝石」に掲載されデビュー。風刺とユーモア溢れるショートショートを確立した第一人者。

【初出】「鉄腕アトムクラブ」一九六四年九月第二号
【底本】『きまぐれロボット』（二〇〇六年、角川文庫）

郊外の林の奥の家に、エス氏はひとりで住んでいた。いや、正しくいえば、ネコといっしょに暮していた。

高価な、毛なみのいいネコで、エス氏は心からかわいがり、なによりも大切にしていた。

ネコについての本を買いあつめ、なんども読みかえし、ほとんど暗記してしまったほどだった。ネコはどんな食べ物が好きなのかを研究し、毎日、それをつくって食べさせた。また、ちょっとでもネコが元気をなくすと、あわてて医者を呼びよせる。

多くの人は、夜になるとテレビをながめるものだが、エス氏はそれよりも、ネコの背中をなでるほうが好きだった。

ある夜のこと。

そとで、聞きなれないひびきがした。それから、玄関のドアにノックの音がした。エス氏はネコと遊ぶのをやめ、ドアをあけてそとをながめ、首をかしげた。ドアをたたいたのは、手ではなかったのだ。うす茶色をした細長いものだ。ワニのしっぽのようでもあり、タコの足のようでもあった。

「いったい、これは、なんのいたずらだ」

エス氏はそういいながら、相手をよく見た。だが、そのとたんに気を失った。うす茶色の細長いものは、道具やオモチャのようなものではなく、そのからだの一部だったのだ。

大きさは人間と同じくらいだが、形はまるでちがっていた。前から見たところでは、トランプのクラブのような形の生物だった。よこから見るとスペードの形にていて、上から見るとハート型に近かった。一本足でとびはねているが、足あとはダイヤの形かもしれない。

うす茶色の長い一本の腕は、頭のてっぺんあたりからのびている。こんな生物が、地球上にいるわけがない。そう、遠いカード星から、はるばるやってきたのだ。

そのカード星人は、ドアをくぐって、なかに入ってきた。ネコはたいくつそうにねそべったまま「にゃあ」とないた。

それを聞き、カード星人は話しかけた。

「わたしは、どんな星のどんな生物とでも、テレパシーで話しあえる能力をもっています。学校で習って、身につけました。それでお話をしましょう」

ネコはなくのをやめ、テレパシーで答えた。

「あら、ちゃんと話が通じるわ。べんりな方法があるものね。ところで、見なれないかただけど、なんの用できたの」

「じつは、わたしはカード星の調査員でございます。ほうぼうの星々をまわり、平和的な星と、そうでない星との区別をし、記録をとっております」

「それで、ここへも立ち寄ったというわけね」

「はい、さようでございます。しかし、敬服いたしました。たいていの星の住民は、わたしの姿を見ると驚いて、わめいたり逃げたりします。だが、あなたは、おちついていらっしゃいます」

「いちいち驚くようでは、支配者の地位はたもてないわよ」

「これはこれは。あなたが、この星を支配なさっている種族でしたか。わたしはてっきり、そこに倒れている二本足の生物のほうが、支配者だろうと思いこんでいました。失礼いたしました。で、この二本足は……」

カード星人は、うす茶色の腕のさきを、気を失ったままでいるエス氏にむけた。ネコはあっさりと答えた。

「自分たちのことを、人間とよんでいるわ。あたしたちの、ドレイの役をする生物よ。まじめによく働いてくれるわ」

「どんなぐあいにでしょう」

「そうね。ぜんぶ話すのはめんどうくさいけど、たとえばこの家よ。人間が作ってくれたわ。それから牛という動物を飼い、ミルクをしぼって、あたしたちに毎日、はこんでくれるわ」

「なかなか利口な生物ではありませんか。しかし、そのうちドレイの地位に不満を感じて、反逆しはじめるかもしれないでしょう。大丈夫なのですか」

「そんなこと、心配したこともないわ。そこまでの知恵はない生物よ」

カード星人は感心して聞いていたが、変な形の装置をとりだして言った。

「まことに失礼なお願いですが、ウソ発見器を使わせていただけませんか。調査を正確にしたいのでございます」

「どうぞ、ご自由に」

と、ネコはめんどくさそうに答えた。カード星人は、器械の一部をネコの頭にのせ、いくつかの質問をした。

そして、いままでの話がほんとうかどうかを、たしかめた。また、平和的な心のもちぬしかどうかの点は、とくに念をいれて調査した。

「おそれいりました。このような平和的な種族が支配する星は、いままでに見たことがありません。どうぞ、いつまでも支配しつづけるよう、お祈りいたします」

「もちろん、そのつもりよ」

と答えるネコと別れ、カード星人はぶかっこうな動きでとびはねながら、ドアから出ていった。それから、林のなかにとめておいた小型の宇宙船に乗りこみ、夜の空へと消えていった。

しばらくして、エス氏は気をとりもどした。こわごわあたりを見まわしながら、ネコに話しかけた。

「なにか見なかったかい。みょうな形をしたやつが、いたような気がしたが」

ネコはいつものように「にゃあ」とないた。

エス氏はうなずいて言った。

「見なかったというんだな。そうだろうとも。うす茶色で、クラブの形をした生物など、いるわけがない。なにかの錯覚だったにきまっている。なあ、そうだろう」

エス氏はまた、ネコの背中をなではじめた。ネコは、なにごともなかったように

「にゃあ」となくだけだった。

猫の事務所

——ある小さな官衙《かんが》に関する幻想

宮沢賢治

みやざわ・けんじ（一八九六〜一九三三）

岩手県生まれ。農業指導者として活躍のかたわら独特な詩や童話を創作。「どんぐりと山猫」「注文の多い料理店」など他にも猫が登場する作品は少なくない。

【初出】「月曜」一九二六年三月号

【底本】『宮沢賢治全集8』（ちくま文庫、一九八六年）

軽便鉄道の停車場のちかくに、猫の第六事務所がありました。ここは主に、猫の歴史と地理をしらべるところでした。

書記はみな、短い黒の繻子の服を着て、それに大へんみんなに尊敬されましたから、何かの都合で書記をやめるものがあると、そこらの若い猫は、どれもどれも、みんなそのあとへ入りたがってばたばたしました。

けれども、この事務所の書記の数はいつもただ四人ときまっていましたから、その沢山の中で一番字がうまく詩の読めるものが、一人やっとえらばれるだけでした。

事務長は大きな黒猫で、少しもうろくしてはいましたが、眼などは中に銅線が幾重も張ってあるかのように、じつに立派にできていました。

さてその部下の

一番書記は白猫でした、

二番書記は虎猫でした、

三番書記は三毛猫でした、

四番書記は竈《かま》猫でした。

竈猫というのは、これは生れ付きではありません。生れ付きは何猫でもいいのですが、夜かまどの中にはいってねむる癖があるために、いつでもからだが煤できたなく、殊に鼻と耳にはまっくろにすみがついて、何だか狸のような猫のことを云うのです。

ですからかま猫はほかの猫には嫌われます。

けれどもこの事務所では、何せ事務長が黒猫なもんですから、このかま猫も、あたり前ならいくら勉強ができても、とても書記なんかになれない筈のを、四十人の中からえらびだされたのです。

大きな事務所のまん中に、事務長の黒猫が、まっ赤な羅紗をかけた卓《テーブル》を控えてどっかり腰かけ、その右側に一番の白猫と三番の三毛猫、左側に二番の虎猫と四番のかま猫が、めいめい小さなテーブルを前にして、きちんと椅子にかけていました。

ところで猫に、地理だの歴史だの何になるかと云いますと、

まあこんな風です。

事務所の扉《と》をこつこつ叩くものがあります。

「はいれっ。」事務長の黒猫が、ポケットに手を入れてふんぞりかえってどなりまし

た。

四人の書記は下を向いていそがしそうに帳面をしらべています。

ぜいたく猫がはいって来ました。

「何の用だ。」事務長が云います。

「わしは氷河鼠を食いにベーリング地方へ行きたいのだが、どこらがいちばんいいだろう。」

「うん、一番書記、氷河鼠の産地を云え。」

一番書記は、青い表紙の大きな帳面をひらいて答えました。

「ウステラゴメナ、ノバスカイヤ、フサ河流域であります。」

事務長はぜいたく猫に云いました。

「ウステラゴメナ、ノバ……何と云ったかな。」

「ノバスカイヤ。」一番書記とぜいたく猫がいっしょに云いました。

「そう、ノバスカイヤ、それから何!?」

「フサ川。」またぜいたく猫が一番書記といっしょに云ったので、事務長は少しきまり悪そうでした。

「そうそう、フサ川。まああそこらがいいだろうな。」

「で旅行についての注意はどんなものだろう。」

「うん、二番書記、ベーリング地方旅行の注意を述べよ。」

「はっ。」二番書記はじぶんの帳面を繰りました。「夏猫は全然旅行に適せず」するとどういうわけか、この時みんながかま猫の方をじろっと見ました。

「冬猫もまた細心の注意を要す。函館附近、馬肉にて釣らるる危険あり。特に黒猫は充分に猫なることを表示しつつ旅行するに非《あらざ》れば、応々黒狐と誤認せられ、本気にて追跡さるることあり。」

「よし、いまの通りだ。貴殿は我輩のように黒猫ではないから、まあ大した心配はあるまい。函館で馬肉を警戒するぐらいのところだ。」

「そう、で、向うでの有力者はどんなものだろう。」

「三番書記、ベーリング地方有力者の名称を挙げよ。」

「はい、ええと、ベーリング地方と、はい、トバスキー、ゲンゾスキー、二名であります。」

「トバスキーとゲンゾスキーというのは、どういうようなやつらかな。」

「四番書記、トバスキーとゲンゾスキーについて大略を述べよ。」

「はい。」四番書記のかま猫は、もう大原簿のトバスキーとゲンゾスキーとのところに、みじかい手を一本ずつ入れて待っていました。そこで事務長もぜいたく猫も、大へん感服したらしいのでした。

ところがほかの三人の書記は、いかにも馬鹿にしたように横目で見て、ヘッとわらっていました。かま猫は一生けん命帳面を読みあげました。

「トバスキー酋長、徳望あり。眼光炯々《けいけい》たるも物を言うこと少しく遅し。ゲンゾスキー財産家、物を言うこと少しく遅けれども眼光炯々たり。」

「いや、それでわかりました。ありがとう。」

ぜいたく猫は出て行きました。

こんな工合で、猫にはまあ便利なものでした。ところが今のおはなしからちょうど半年ばかりたったとき、とうとうこの第六事務所が廃止になってしまいました。というわけは、もうみなさんもお気づきでしょうが、四番書記のかま猫は、上の方の三人の書記からひどく憎まれていましたし、ことに三番書記の三毛猫は、このかま猫の仕事をじぶんがやって見たくてたまらなくなったのです。かま猫は、何とかみんなによく思われようといろいろ工夫をしましたが、どうもかえっていけませんでした。

たとえば、ある日となりの虎猫が、ひるのべんとうを、机の上に出してたべはじめようとしたときに、急にあくびに襲われました。

そこで虎猫は、みじかい両手をあらんかぎり高く延ばして、ずいぶん大きなあくびをやりました。これは猫仲間では、目上の人にも無礼なことでも何でもなく、人ならばまず鬚《ひげ》でもひねるぐらいのところですから、それはかまいませんけれども、いけないことは、足をふんばったために、テーブルが少し坂になって、べんとうばこがするするっと滑って、とうとうがたっと事務長の前の床に落ちてしまったのです。それはでこぼこではありましたが、アルミニュームでできていましたから、大丈夫こわれませんでした。そこで虎猫は急いであくびを切り上げて、机の上から手をのばして、それを取ろうとしましたが、やっと手がかかるかかからないか位なので、べんとうばこは、あっちへ行ったりこっちへ寄ったり、なかなかうまくつかまりませんでした。

「君、だめだよ。とどかないよ。」と事務長の黒猫が、もしゃもしゃパンを喰べながら笑って云いました。その時四番書記のかま猫も、ちょうどべんとうの蓋を開いたところでしたが、それを見てすばやく立って、弁当を拾って虎猫に渡そうとしました。ところが虎猫は急にひどく怒り出して、折角かま猫の出した弁当も受け取らず、手をうしろに廻して、自暴《やけ》にからだを振りながらどなりました。

「何だい。君は僕にこの弁当を喰べろというのかい。机から床の上へ落ちた弁当を君は僕に喰えというのかい。」

「いいえ、あなたが拾おうとなさるもんですから、拾ってあげただけでございます。」

「いつ僕が拾おうとしたんだ。うん。僕はただそれが事務長さんの前に落ちてあんまり失礼なもんだから、僕の机の下へ押し込もうと思ったんだ。」

「そうですか。私はまた、あんまり弁当があっちこっち動くもんですから……」

「何だと失敬な。決闘を……」

「ジャラジャラジャラジャラン。」事務長が高くどなりました。これは決闘をしろと云ってしまわせない為に、わざと邪魔をしたのです。

「いや、喧嘩するのはよしたまえ。かま猫君も虎猫君に喰べさせようというんで拾ったんじゃなかろう。それから今朝云うのを忘れたが虎猫君は月給が十銭あがったよ。」

虎猫は、はじめは恐い顔をしてそれでも頭を下げて聴いていましたが、とうとう、よろこんで笑い出しました。

「どうもおさわがせいたしましてお申しわけございません。」それからとなりのかま猫をじろっと見て腰掛けました。

みなさんぼくはかま猫に同情します。

それから又五六日たって、丁度これに似たことが起ったのです。こんなことがたびたび起るわけは、一つは猫どもの無精なたちと、も一つは猫の前あし即ち手が、あんまり短いためです。今度は向うの三番書記の三毛猫が、朝仕事を始める前に、筆がポロポロころがって、とうとう床に落ちました。三毛猫はすぐ立てばいいのを、骨惜みして早速前に虎猫のやった通り、両手を机越しに延ばして、それを拾い上げようとしました。今度もやっぱり届きません。三毛猫は殊にせいが低かったので、だんだん乗り出して、とうとう足が腰掛けからはなれてしまいました。かま猫は拾ってやろうかやるまいか、この前のこともありますので、しばらくためらって眼をパチパチさせて居ましたが、とうとう見るに見兼ねて、立ちあがりました。

ところが丁度この時に、三毛猫はあんまり乗り出し過ぎてガタンとひっくり返ってひどく頭をついて机から落ちました。それが大分ひどい音でしたから、事務長の黒猫もびっくりして立ちあがって、うしろの棚から、気付けのアンモニア水の瓶を取りました。ところが三毛猫はすぐ起き上って、かんしゃくまぎれにいきなり、

「かま猫、きさまはよくも僕を押しのめしたな。」とどなりました。

今度はしかし、事務長がすぐ三毛猫をなだめました。

「いや、三毛君。それは君のまちがいだよ。

かま猫君は好意でちょっと立っただけだ。君にさわりも何もしない。しかしまあ、こんな小さなことは、なんでもありゃしないじゃないか。さあ、ええとサントンタン

の転居届けと。ええ。」事務長はさっさと仕事にかかりました。そこで三毛猫も、仕方なく、仕事にかかりはじめましたがやっぱりたびたびこわい目をしてかま猫を見ていました。

こんな工合ですからかま猫は実につらいのでした。

かま猫はあたりまえの猫になろうと何べん窓の外にねて見ましたが、どうしても夜中に寒くてくしゃみが出てたまらないので、やっぱり仕方なく竈《かまど》のなかに入るのでした。

なぜそんなに寒くなるかというのに皮がうすいためで、なぜ皮が薄いかというのに、それは土用に生れたからです。やっぱり僕が悪いんだ、仕方ないなあと、かま猫は考えて、なみだをまん円な眼一杯にためました。

けれども事務長さんがあんなに親切にして下さる、それにかま猫仲間のみんながあんなに僕の事務所に居るのを名誉に思ってよろこぶのだ、どんなにつらくてもぼくはやめないぞ、きっとこらえるぞと、かま猫は泣きながら、にぎりこぶしを握りました。

ところがその事務長も、あてにならなくなりました。それは猫なんていうものは、賢いようでばかなものです。ある時、かま猫は運わるく風邪を引いて、足のつけねを椀のように腫らし、どうしても歩けませんでしたから、とうとう一日やすんでしまいました。かま猫のもがきようといったらありません。泣いて泣いて泣きました。納屋の小さな窓から射し込んで来る黄いろな光をながめながら、一日一杯眼をこすって泣いていました。

その間に事務所ではこういう風でした。

「はてな、今日はかま猫君がまだ来んね。遅いね。」と事務長が、仕事のたえ間に云いました。

「なあに、海岸へでも遊びに行ったんでしょう。」白猫が云いました。

「いいやどこかの宴会にでも呼ばれて行ったろう」虎猫が云いました。

「今日どこかに宴会があるか。」事務長はびっくりしてたずねました。猫の宴会に自分の呼ばれないものなどある筈はないと思ったのです。

「何でも北の方で開校式があるとか云いましたよ。」

「そうか。」黒猫はだまって考え込みました。

「どうしてどうしてかま猫は、」三毛猫が云い出しました。「この頃はあちこちへ呼ばれているよ。何でもこんどは、おれが事務長になるとか云ってるそうだ。だから馬鹿なやつらがこわがってあらんかぎりご機嫌をとるのだ。」

「本とうかい。それは。」黒猫がどなりました。

「本とうですとも。お調べになってごらんなさい。」三毛猫が口を尖《とがら》せて云いました。

「けしからん。あいつはおれはよほど目をかけてやってあるのだ。よし。おれにも考えがある。」

　そして事務所はしばらくしんとしました。

　さて次の日です。

　かま猫は、やっと足のはれが、ひいたので、よろこんで朝早く、ごうごう風の吹くなかを事務所へ来ました。するといつも来るとすぐ表紙を撫でて見るほど大切な自分の原簿が、自分の机の上からなくなって、向う隣り三つの机に分けてあります。

「ああ、昨日は忙がしかったんだな。」かま猫は、なぜか胸をどきどきさせながら、かすれた声で独りごとしました。

　ガタッ。扉が開いて三毛猫がはいって来ました。

「お早うございます。」かま猫は立って挨拶しましたが、三毛猫はだまって腰かけて、あとはいかにも忙がしそうに帳面を繰っています。ガタン。ピシャン。虎猫がはいって来ました。

「お早うございます。」かま猫は立って挨拶しましたが、虎猫は見向きもしません。

「お早うございます。」三毛猫が云いました。

「お早う、どうもひどい風だね。」虎猫もすぐ帳面を繰りはじめました。

ガタッ、ピシャーン。白猫が入って来ました。

「お早うございます。」虎猫と三毛猫が一緒に挨拶しました。

「いや、お早う、ひどい風だね。」白猫も忙がしそうに仕事にかかりました。その時かま猫は力なく立ってだまっておじぎをしましたが、白猫はまるで知らないふりをしています。

ガタン、ピシャリ。

「ふう、ずいぶんひどい風だね。」事務長の黒猫が入って来ました。

「お早うございます。」三人はすばやく立っておじぎをしました。かま猫もぼんやり立って、下を向いたままおじぎをしました。

「まるで暴風だね、ええ。」黒猫は、かま猫を見ないで斯《こ》う言いながら、もうすぐ仕事をはじめました。

「さあ、今日は昨日のつづきのアンモニアックの兄弟を調べて回答しなければならん。二番書記、アンモニアック兄弟の中で、南極へ行ったのは誰だ。」仕事がはじまりました。かま猫はだまってうつむいていました。原簿がないのです。それを何とか云いたくっても、もう声が出ませんでした。

「パン、ポラリスであります。」虎猫が答えました。

「よろしい、パン、ポラリスを詳述せよ。」と黒猫が云います。ああ、これはぼくの仕事だ、原簿、原簿、とかま猫はまるで泣くように思いました。

「パン、ポラリス、南極探険の帰途、ヤップ島沖にて死亡、遺骸は水葬せらる。」一番書記の白猫が、かま猫の原簿で読んでいます。かま猫はもうかなしくて、かなしくて頬のあたりが酸っぱくなり、そこらがきいんと鳴ったりするのをじっとこらえてうつむいて居りました。

　事務所の中は、だんだん忙しく湯の様になって、仕事はずんずん進みました。みんな、ほんの時々、ちらっとこっちを見るだけで、ただ一ことも云いません。

　そしておひるになりました。かま猫は、持って来た弁当も喰べず、じっと膝に手を置いてうつむいて居りました。

　とうとうひるすぎの一時から、かま猫はしくしく泣きはじめました。そして晩方まで三時間ほど泣いたりやめたりまた泣きだしたりしたのです。

　それでもみんなはそんなこと、一向知らないというように面白そうに仕事をしていました。

　その時です。猫どもは気が付きませんでしたが、事務長のうしろの窓の向うにいかめしい獅子の金いろの頭が見えました。

獅子は不審そうに、しばらく中を見ていましたが、いきなり戸口を叩いてはいって来ました。猫どもの愕《おど》ろきようといったらありません。うろうろうろうろそこらをあるきまわるだけです。かま猫だけが泣くのをやめて、まっすぐに立ちました。

獅子が大きなしっかりした声で云いました。

「お前たちは何をしているか。そんなことで地理も歴史も要《い》ったはなしでない。やめてしまえ。えい。解散を命ずる」

こうして事務所は廃止になりました。

ぼくは半分獅子に同感です。

猫貸し屋

別役　実

べつやく・みのる（一九三七～二〇二〇）
満洲生まれ。戯曲『マッチ売りの少女』『赤い鳥の居る風景』で岸田国士戯曲賞。日本の不条理劇の第一人者。「猫貸し屋」はＮＨＫの幼児番組「おかあさんといっしょ おはなしこんにちは」のために書かれた。

【初出】『淋しいおさかな』（三一書房、一九七三年）
【底本】『淋しいおさかな』（ＰＨＰ文庫、二〇〇六年）

古い小さな街でした。石造りの家々がひっそりと立ち並び、その家と家との間を、石を敷きつめた細い通りが、上ったり下ったりしながらクネクネと続いておりました。いいお天気の昼下りだというのに、街はシンとしていて、誰もいません。そうです、もしかしたらみんな、お昼寝をしているのかもしれません。ただ猫貸し屋のお爺さんの声だけが、のんびりと眠そうに聞こえます。

「猫かしましょーう、おとなしい猫……。猫かしましょーう、おとなしい猫……」

お爺さんは、猫のいっぱい入ったドンゴロスの袋を背負い、せまい通りを一歩一歩ゆっくり歩いております。時々立ち止ると、抜けるように晴れ上った空を見上げ、目を細めました。

「おい、空があんなに青いよ。まるで森の中のみずうみみたいにさ。これはきっと、秋になったせいだね。秋になるといつもあんな風に空が澄んで、そして風がチョッピリ涼しくなるんだよ」

　お爺さんは、暫く立ち止って、その涼しい風が吹いてくるのを待ってみましたが、秋風が吹くにはまだほんの少し早すぎたのでしょう。相変らずあたりはシンとしていて、ソヨともしません。お爺さんは、再びゆっくり歩き始めました。

「猫かしましょーう、おとなしい猫……。猫かしましょーう……、おとなしい猫……」

　赤いポストが一つ、ポツンと立っている街角を右に折れると、道は少し坂道にかかりました。お爺さんは相変らずブツブツと袋の中の猫たちに話しながらそこを登ります。

「疲れたかい？ でも、もう暫く我慢おし。もう少し歩いたらひと休みしておやつにしてあげるよ。おや、誰だい、袋をひっかいたりしているのは。およしよ。それでなくてもだいぶすり切れて、破れやすくなっているんだからね。おとなしくしておいで。もうそろそろ、お客さまから声がかかる頃だよ」

　しかしお客さまからはなかなか声がかかりません。最近どうしたわけか、猫を借りて下さるお客さまが、めっきり減ってしまったのです。

「猫かしましょーう、おとなしい猫……。猫かしましょーう、おとなしい猫……」

　お爺さんの少しかすれた声が、哀しそうにあたりへ呼びかけました。

「今日はきっと、やさしいお婆さんの声がかかるよ。そのお婆さんはきっと一人もので、ひどく淋しい毎日を送ってらっしゃる。いいかね、お前たち。お前たちはそうしたお婆さんをおなぐさめするのが役目だよ。お行儀を良くしなければいけない。そうすればきっとお婆さんにも可愛がっていただけるし、長い間借りてもいただける。誰だったかね、この前、せっかく借りていただいたと思ったら、三日で返されちまったのは？　ロロだね。いや、ナナだったかな？　あれはいけないよ。じゅうたんにツメをたてたんだそうだね。あのじゅうたんは、あのお婆さんがひどく大切にしていたものなんだよ」

　お爺さんは小さな家の窓の下に立ち止りました。窓わくの所に置かれた植木が枯れて、金魚ばちはほこりをかぶっています。

「猫かしましょーう、おとなしい猫……。猫かしましょーう、おとなしい猫……」

　お爺さんはその窓の下で、出来るだけやさしく声をかけました。いつかその家のお婆さんが、猫を借りてくれたことがあって、とても可愛がってくれたのを、覚えていたのです。耳をすませましたが、家の中は誰もいないみたいに、シンとしております。

「お留守かな？　それじゃほかをまわってこよう……」

　お爺さんは、少しがっかりして、その窓の下を離れました。

「ねえ、何故だろうね、近頃猫を借りて下さるお客さまがひどく少なくなったんだよ。以前借りて下さったおうちを訪ねても、たいていお留守だ。どうしたんだろうねえ、ここいらあたりには、一人もののお爺さんやお婆さんが沢山いたのに……」

その坂をおりたところにある小さなひだまりに、お爺さんは袋をおろしました。

「ひとやすみしよう。もうだいぶ歩いたからね。さあ、お前たちもお休み」

お爺さんが袋の中を開けると、中から大きいのやら小さいのやら、白やら黒やら三毛やら虎やら、とにかくびっくりするほど沢山の猫たちがゴニョゴニョともつれあって出てきて、早速アクビをするやら、耳のうしろをひっかくやら、ノビをするやら、けなみをととのえるやら、はじめました。

「疲れたろうね、袋の中はなかなかきゅうくつだからね。ほら、いいお天気だろう。その辺で日向ぼっこでもおし。でも、眠ってしまっちゃあいけないよ。すぐまた商売に出掛けなくちゃいけないんだからね」

お爺さんは、ポケットの中からビスケットのかけらを出して猫たちにあげると、自分でも煙草に火をつけて、おいしそうに一服しました。お日さまが少し西の方へ傾いて、道の向う側の電信柱のかげが、お爺さんのすぐ足元まで伸びています。

「お前たち、どうだい？　もうそろそろこの街はやめて、ほかの街へ行ってみるかい？　一人ものの淋しいお爺さんやお婆さんの大勢いる街が、どこかにあるかもしれないからね。それとも……もう少しこの街で頑張ってみるかい？　この年になって旅をするのもつらいからねえ……」

　暫く休むと、お爺さんは再び立ち上り、猫たちを袋に入れて歩き始めました。お日さまは更に西の方へ傾いて、電信柱のかげは、むこうの家の壁までとどこうとしております。

「猫かしましょーう、おとなしい猫……。猫かしましょーう、おとなしい猫……」

　ちょうど、裏通りのせまい階段を登っている時でした、小さな窓がそっと開くと、そこから一人のお婆さんの顔がのぞいたのです。

「猫貸し屋さん、もしもし、猫貸し屋さん……」

「はいはい、猫貸し屋でございます」

「すまないけど、こっちへ入っておくれ」

「かしこまりました」

　扉を開くと、暗い部屋の真中に、小さなお婆さんが一人、チョコンと坐っております。

「ごめん下さいまし、ただいまの猫貸し屋でございます、何か御用で……？」

「そうなんだよ、猫を貸していただこうと思ってね。私は一人っきりだし、退屈だしするからね……」

「それはよろしゅうございます、この猫という奴はひどく可愛いらしいものでして、特にお一人で暮してらっしゃる方などには、たいへん喜ばれますんで……」

「そうらしいねえ、夜なんかも一人でいるよりは、猫が一緒にいてくれるほうが、どんなにか心強いだろうしねえ」

「そうですとも。みなさんがそうおっしゃってくださいます。ところでどうでしょう、ここにいろいろおりますが、どんなのを……？」

「そうさねえ、やっぱりおとなしいのがいいねえ」

「なるほど、おとなしい奴ですね」

お爺さんは、袋の中へ手を突っこみ、ゴソゴソやっておりましたが、やがて小さな三毛猫を一匹、つまみあげました。

「こいつはどうでしょう。ええ、ひどくおとなしい奴でして、その、お行儀も決して悪くないんですが……」

三毛は、お爺さんの手を離れると、ゆっくりお婆さんに近づき、その膝の上に乗りました。お婆さんが耳のうしろをなでると、喉をゴロゴロいわせます。

「これがいいよ。これをお借りすることにするよ」

「さようでございますか、どうもありがとうございます。では、そいつを置いてまいります。時々様子を見にうかがいますが、どうぞ可愛がってやって下さい」

お爺さんは、お金を受け取ると、丁寧におじぎをして、袋をかつぎあげ、その家を出ました。

「猫かしましょーう、おとなしい猫……。猫かしましょーう、おとなしい猫……」

すっかり日の暮れた街を、お爺さんは相変らずそう言いながら、街はずれの小屋の方へ帰ってゆきました。

「よかったね、あのお婆さんなら、きっとあいつを可愛がって下さるに違いない。まだこの街にも、猫を借りて下さる人がいるんだねえ……」

その次の日から一週間、お爺さんは風邪をひいて仕事に出掛けるのを休んでしまいました。一週間目の朝です。今日は久し振り仕事に出ようかと考えている丁度そこへ、街の役人が一人、猫をつれてやってきました。

「こんにちは、お爺さん。これはお宅の猫じゃありませんか？」

「そうです。それはうちの三毛です。先日、街の独り者のお婆さんにお貸ししましてね……」

「あのお婆さんは、ゆうべなくなったよ」

「ゆうべ……？」

「うん、この猫だけ残っていたんで、きっとここのだろうと思ってつれてきたのさ」

「ありがとうございます。ご親切にどうも」

「そこでね、お爺さん」

街の役人は、小屋の入口に腰を下して言いました。

「あのお婆さんがなくなって、この街には、もう誰も居なくなったんだよ」

「街に、誰も……？」

「そうだよ。知らなかったのかね？　若い人たちはみんな出て行ったし、年をとった人はあのお婆さんを最後にして、亡くなった……」

お爺さんは、猫を借りて下さるお客さんが次第に少なくなったこと、街が次第に静かになっていったことを、ぼんやり思い出しました。

「そうだったんですか……」

「そうなんだよ。だからね、お爺さん、もうこの街は出た方がいい。この隣町に小さな養老院があるから、何ならそこを紹介してあげてもいいよ。いい所さ。小さいけど庭もあって花も咲いている」

「でも、この猫たちはどうなります？」

「猫たちはいけないよ。一匹や二匹ならともかく、こんなに沢山はね」

お爺さんはまわりを見まわしました。沢山の猫たちが、二人の話を聞いているかのようにじっとして坐っております。

「そうですか……。私はやっぱり、ここに居りますよ。こいつらと一緒にね……」

「だけど、もう、誰もいないんだよ」

「ええ、わかってます。でも、こいつらがいますよ。こいつらはね、私の話がわかるんです。そして、私も、こいつらの気持が良くわかるんですよ。こいつらは私に、行って欲しくないんです」

お役人の乗ったジープが、砂けむりをあげて隣町の方へ遠のくと、お爺さんは、ゆっくりと立ち上りました。

「さあ。みんな、あの丘の上に登って、誰もいなくなった街を見てみよう」

お爺さんを先頭に、猫たちは一列になって、街を見下す丘の上に立ちました。空は晴れて雲ひとつありません。その青い空の下に、石造りの白い街が、ひっそりとうずくまっております。

「みてごらん、あれが街だよ。そしてもう誰もいないんだ。空がきれいだねえ。あんなに澄んでいる。秋だからだよ」

お爺さんと猫たちは、丘の上に坐って、いつまでもその秋の空を見上げておりました。お爺さんの目から、涙が一つあふれて、それが吹いてきた秋の風に、小さくふるえながらこぼれました。

猫の首

小松左京

こまつ・さきょう（一九三一〜二〇一一）

大阪府生まれ。大学在学中に高橋和巳らと同人誌を発行。卒業後様々な職を経て、ＳＦ作家としてデビュー。ベストセラー『日本沈没』は何度も映像化された。

【初出】「別冊小説新潮」一九六九年七月

【底本】『猫の首』（集英社文庫、一九八〇年）

一

朝刊と牛乳をとりに出た妻が、短い悲鳴をあげるのがきこえた。――つづいて、ドサッとたおれる音。

つっかけ用の下駄の鼻緒が、だいぶゆるんでいたから、足でももつらせたのかとも思ったが一瞬のち、その悲鳴がただごとでないという感じがしたので、彼は一足とびに、茶の間から玄関へとび出した。

外は朝もやが一面にかかっていた。そのもやの中から、朝早く出勤する人たちの姿が、影絵のようにうかび上っては足早に消えて行く。――まだしずまりかえっている家並みの間に、その足音がよくひびく。あちこちで雨戸をくる音、雀の鳴き声、駅を出て行く電車のひびき……妻は、門の内側の、コンクリートの上にたおれて、気を失っていた。彼は、はだけた寝巻の前をかきあわせ、妻の傍にかけよった。

「どうしたんだ？」彼は、妻の体を抱き起しながらいった。「目まいでもしたか？」

妻の顔は、蠟《ろう》のようにまっ白で、唇まで血の気が失せていた。――恐怖のため、顔面がひきつり、目蓋がピクピクふるえていた。

「あ、あ……」と、妻はかすれた声で、やっといった。「あれ……あれ見て！」眼を閉じたまま、妻はぶるぶるふるえる手で、門の方を指さした。——その方向を見たとたん、顔から血がひいて行くのが感じられた。唇がこわばり、舌がシュッと音をたててのどの奥にひっついた。

低い門柱の上に、ちょこんと小さな物がのっていた。——掌でにぎれるくらいの、白と黒のふわふわした毛でおおわれた、かわいらしい仔猫の首だった。

ピンク色の鼻の下に、ピンク色の口がわずかにひらき、細かな歯の間から、もう変色しかけた舌がわずかにのぞいている。門柱の下に、首を切りはなされたいたいたしいほど小さな胴体が、黒ずんだ血だまりに半分ひたってころがっており、その傍に、この残酷な儀式をおこなった凶器が投げ出されていた。

どきどきするような鋭い刃に、血脂をこびりつかせた、大きなたちもの鋏《ばさみ》が……。

幼稚園にかよっている娘が、こっとん、こっとんと二階からおりてくる音がきこえてきた。——彼は、まだ土気色の顔をして、唇をこわばらせている妻を、低い声で叱る。

「さあ……。しっかりして！」

妻は、うっ！　というような声をたてて、口をおさえると、トイレへかけこむ。水音……吐瀉《としゃ》音……。

「パパ、お早う……」

四歳になる一人娘は、眼をこすりながら、眠そうな声でいう。

「ああ、お早う」彼はつとめて明るい声でいい、にっこり笑ってみせる。「今朝はすこし、お寝坊したね」

しゃべりながら、トイレの方が気になる。——妻がやっと出てきた。まっさおな顔に、むりなつくり笑いをうかべて娘に声をかけ、急いで台所へ行ってしまう。娘は、彼のあぐらに腰をおろすと、小さなあくびをして、つやつやしたお河童《かっぱ》頭を、彼の胸にもたせかけ、また眼をつぶってしまう。

「ほらほら、寝ちゃだめだよ」彼は、娘の黒い髪をなでながら、かるくゆすぶる。

「早く、お顔を洗いなさい……」

ふいに、声がのどにつまりそうになる。——あの事を……。娘が、今朝の惨事を知ったら……冷たいものが胸のあたりにこみあげてくる。言いようもない恐怖と、はげしい怒りが同時におそってきて、眼の前がふとうす暗くなったように感じる。

「御飯ですよ……」

妻があたためた牛乳とトーストを運びながらいう。――泣いたあとのように、声も表情も、ぐったり疲れているみたいで生気がない。彼は、妻にはげしく眼くばせする。

――娘に気づかれたら……。

娘が朝食を食べるのを、新聞ごしにそっとうかがいながら、彼は気が気ではなかった。まさか、気がつきはしまいが……。血はちゃんとあとかたなく洗い流したはずだが、まだ気がかりだ。あのにぶい、残忍な光をはなつ鋏の刃の事を思い出すと、またも虫唾が走り、胴震いがこみあげてきた。あんなもので……あんなかわいらしい首を……チョキンと……。

階段をのぼって行く、小さな足音に気がついて、妻と彼は、ハッと顔を見あわせる。

「智子！」

上ずった声で叫んで、腰を浮かす妻を、彼は手で制した。――妻は、いたたまれないように、天井を見上げていたが、とうとう階段の所へ行って、変にやさしいつくり声でいう。

「智子ちゃん……早くしないと、幼稚園おくれますよ」

しばらくして、小さい足音が、また階段をおりてくる。

「あのね、ママ――わんわんが一匹いなかったわ」

彼は新聞に伏せた顔をこわばらせる。――妻が変な空咳《からせき》をする。

「そう？――どこかに遊びに行ってるのよ、きっと……」

「迷子になったんじゃないかしら？」制服の上っ張りを着せてもらいながら、娘は小首をかしげていう。「さがしといてね、ママ」

「ええ……いいわよ」

「智子――」彼は、新聞に眼をすえたまま、できるだけさりげない調子でいった。

「いつもいっているように、幼稚園で、お友だちや先生に、わんわんがいる事、いうんじゃないよ。――ちょうだいっていわれたり、とりにこられたりしたら困るからね」

「わかってるわよ」と、娘はませた口調でいう。「智子、いわないわよ。かわいいんだもン」

二

娘が出かけてしまうと、二人は気落ちしたように暗い顔になった。――彼は、テーブルのふちをぎゅっとにぎったまま、しばらく宙をにらんでいた。

「どうするの？」妻はかすれた声でいった。「いったいどうするつもり？」

妻はこわごわと台所の方に眼をやった。——土間の隅に、小さなボール箱がある。底の方に、もううっすらと、血がにじみかけている。

「どうするって……」彼は唇をかんで立ち上る。「始末しなきゃならない」

庭いじり用の汚れたズボンをひっぱり出してはきながら、彼は時計を見上げる。

「おい……」彼は、ちょっと考えながらいう。「会社へ電話しといてくれ。——今日は午後から出るって。理由は何でもいい」

台所の土間へ出て、箱をとりあげようとしてふと考え、新聞紙をもってきてその上からもう一度くるむ。

「あの鋏は、うちのものか？」

「ええ、そうよ」

「どこにおいてあったんだ？」

彼は、箱の横にある、大きな鋏を、そっと足の先でつついてみる。——刃にこびりついた血のまわりに、すでに赤い銹《さび》がうかびかけている。

「さあ……いつもは押入れの中にしまってあるんだけど……」

「じゃ、どうやって持ち出したんだ？　おれたちの知らない間に……」

「わからないわ――」妻は凍りついたように立ちつくす。「じゃ……まさか……」

「いつ、この鋏をつかった？」

「ああ――思い出したわ……。おとつい納屋で小包をほどいたの。その時、忘れたのかも知れない」

「納屋は、いつも鍵をかけないのか？」

「かけるわよ。でも、かけ忘れることも、よくあるの」

これもいっしょに始末した方がいいだろう、と思って、彼は鋏をとりあげて、新聞に包みこんだ。――小さな肉片と、血まみれの毛がこびりついているのを、眼をそらせて見ないようにする。

朝露にぬれた庭へ出て、彼はちょっとあたりを見まわす。――そう、あれがいい。ようやく二十センチほどにのびたさつきの若木だ。まずシャベルで、その木をほりおこし、それから、まわりを見まわして、庭の隅の方に深い穴を掘って行く。

自宅の庭に埋めるのは、まずいかも知れないな、と、彼はしたたる汗を手の甲でふきながら、ふと思った。――といって、捨てに行くのは、かえって危険かも知れない。第一、どこに捨てにいったらいいのだ？　どっちにしても、捨てるなら、夜、遠くまで行かなければならないだろう。だが、夜までこれを家の中においておく勇気はない。

考え考え掘っているうちに、穴はずいぶん深くなってしまった。彼は汗をぬぐい、息をつき、新聞紙の包みをとりあげる。——仔猫の死体をもう一度見たい、といううずうずした衝動がこみあげる。もう一度見れば、怒りがこみあげてきて、しめつけられるような恐怖をおいはらってくれるのではないだろうか？——だが、その勇気は、やはりない。新聞紙の包みを見おろしていると、その中に包まれている仔猫の姿が、もう一度思い出されてくる。小さな……うまれてから、まだ一ヵ月とちょっとしかたっていない、ほんにいたいけな生き物だった。ついこないだようやく眼がはっきりひらき、よたよたトコトコとかけまわるようになった所だ。いっしょにうまれた兄妹たちと、ころころもつれあい、ニャアニャア鳴いて母猫の乳房に吸いつき、——体に不釣合いに大きな、ピンク色にすきとおった耳と、鈴をはったような、つぶらなグレーの眼と、よちよち歩きの赤ン坊のくせに、なまいきにピンとはった、ほそい、白いひげと……ふわふわの毛につつまれ、ほそい、小さなしっぽをピンとはって、……見ただけで、胸がいたくなるような、あの幼生特有の愛くるしさにあふれ……。

なぜだ？　畜生！……、彼は眼の前が暗くなるような怒りにおそわれ、思わず眼をつぶった。——こんな……こんなかわいらしい生物を……それもうまれてまだ、一ヵ月余しか陽の光をあおいでいない赤ン坊なのに……こんな罪もない無邪気な生物を、こんなむごたらしい目にあわせるなんて――鋏で首をちょんぎって殺すとは！

「今日はお休みですか？」

垣根ごしに声をかけられて、彼はあやうく包みをおとしそうになる。――隣の、詮索好きな主婦だった。

「ええ、まあ……」彼は、汗がまた全身にふき出すのを感じながら、やっと答える。

「ああ、どうも――いい天気ですな」

「さつきの移植ですの？」

「そう――そうです……」

彼はあわててシャベルをとり、もう充分深い穴を、また掘りかかる。

「その新聞包み、何ですの？――肥料か何かですか？」

「ええ――そうです。肥料ですよ」

「何を肥料になるんですの？　教えていただきたいわ」

彼は、のどにグッとかたいものがつかえるのを感じた。――どうすればいいのか？　この無邪気そうな顔をした、その癖、隣人のどんな些細な不審も見のがさない、貪婪《どんらん》な好奇心の持ち主である有閑婦人を……。お前も……と、彼はザクリと土の中にシャベルをうちこみながら、自暴自棄な気持で考える……お前もいっしょに埋めてやろうか？　どうだ、ばあさん……。

その時、幸いに隣家の門の方で御用聞きの声がする。

「ちょっと失礼……」

主婦は垣のむこうからきえた。――彼は、おかしいほどあわてて新聞包みを穴におとしこむと、無我夢中で土をかける。半分ほどうめて、やっと気がつく。――あやうく木を植えるのを忘れる所だった。

土をかけ、ふみかため、いったん室内にひっこんで、また気がつき、もう一度庭へ出て、小さなホースで植えかえたさつきの根もとに水をやる。――隣家の主婦はまだ出てこない。今なら出て来ても平気だ。肥料は何をおつかいですの？――ごくふつうのものです。油粕ですよ。それにちょっと秘訣がありましてね。何ですの？　チオ硫酸ナトリウムを、ほんのちょっとくわえるんです。これが秘伝です。チオ……何ですって？　むずかしい名前ね。早くいえば、ハイポですよ。写真屋へ行けばわけてくれます……。

「あなた……」

妻が室内から土気色の顔をつき出してよぶ。――声は低いが、ただならぬ調子だ。

「あなた、ちょっと……」

彼は水をとめて、中にはいる。玄関に人が来ていた。――警官だ。

「この先の交番のものですが……」と、中年の警官は、無表情にいう。

「何の御用でしょう？」

「実は、今朝、届けた人がありまして……」

「何をです？」

「今朝早く、お宅の門柱に、仔猫の、首がのっているのを見かけた、というんですが……」

妻の体が、傍でギュッと硬くなるのが感じられる。それをさとられまいとして、彼はわざと素頓狂な声をあげる。

「仔猫の首ですって？――何ですか、それは？　気味の悪い……」

「あなただって、それがどんな事かご存知でしょうな」警官は、ぶすっとした顔でいう。「本当に、そんな事はなかったですか？」

「ありませんよ。――門の所に、血の跡でものこっていましたか？」

「いや――それは、いま見たんですが……」

警官は、じろじろと家の中を見まわす。

「どっちにしろ、いやがらせでしょう。誰です、そんな事をとどけたやつは……」

「いや——それならいいんですが……」警官は、急に表情をかえ、あたりを見まわしてひそひそ声になっていう。「とにかく気をつけてくださいよ。このごろは、特にうるさいらしいんです」

「そういう話ですね」彼は眉をしかめる。「いったい、その……警察はわれわれを守ってくれないんですか？」

「こればかりは、われわれにもどうにもなりませんな」警官は、やっと人間らしい表情になって、ハンカチを出し、額をぬぐった。「注意していただくより、しかたがありません。何しろ、大した事じゃないんですから、ちょっと自制していただければね。——でも、人間ってしかたのないものですな。あれほどやかましくいっているのに、まだ、禁令をおかして、あんなつまらないもののために、命をおとしたりする連中がたえないんですから……」

じゃ、というように、警官はノッブに手をかけた。だが、ドアをあけようとして、またちょっと鋭い眼でふりかえった。

「まさか——お宅で、猫を飼っているわけじゃないでしょうな？」

「とんでもない！」と妻は叫んだ。「猫なんて……犬なら……」

彼は、妻の手をかげでぐいとひいた。

「馬鹿な事いっちゃ困ります」彼は強くいった。「そんな大それたことを――なんなら、家の中をしらべてください」

「いや、冗談です」警官は手をふった。「こんなちゃんとした生活をしておられて、そんな危険をおかされるとも思えません」

三

警官がかえると、彼はいそいで服を着かえた。

「どうするの？」妻は、まっさおになって、彼の腕をゆさぶった。「まさかこんな時に、会社へ行くんじゃないでしょうね」

「もう一度社へ電話してくれ」彼はネクタイをむすびながら、切迫した声でいった。

「今日は休むって……」

「どうするの？　ねえ、どうするのよ」妻は、彼の体をゆさぶった。「いつかは、こんな事になると思っていたわ。――あなたが悪いのよ。子供に甘くて……」

「うるさい！」と、彼はどなった。

「捨ててくるんでしょう?――いまさらおそいかも知れないけど、でも、私たちの安全を考えたら、そうするよりしかたがないわね」

「捨てはせんぞ」と、彼は眼をギラギラさせていった。「捨てたら――あの連中が、どんな目にあうと思う? そんな事、できるものか。まだ時間はある……」

「あなたったら!」妻は悲鳴に似た声で叫んだ。「どうするつもりなの? たかが、猫くらいで……きちがい沙汰だわ!」

「だまってろ! おれに考えがある」

「あなた――智子や私が、どうなってもいいの?」妻はヒステリー寸前の状態だった。

「こんなになっても、まだ……あの畜生どもをかばうつもり?――猫なんかのために、人間が犠牲になっても……」

　妻の頬がピシッとなった。

「猫、猫というのをやめろ!」と、彼は低い、押し殺した声でいった。「誰かにきかれたらどうする?――やつらだって、きいてるかも知れんぞ」

　妻は両頬をおさえて、口をつぐんだ。――やつらという言葉にすっかりおびえてしまったみたいだった。

たよりない当てだったが、当てがないわけでもなかった。前々から、噂にはささやかれていた、ある「ルート」について、つい二、三日前、ある事を耳にはさんだのだ。ほんとうかどうかわからない。だが、今は、藁《わら》をもつかみたい気分だ。やってみるよりしかたがない。

彼は二階にかけ上った。一人娘の部屋の本棚をさがす。まだ幼稚園だから、むずかしい本は読めない。しかし、彼自身が好きでもあり、また娘が大きくなったら読むようにとも思って、名作童話の、やや高学年向きのものがいろいろそろえてある。――その中から、ルイス・キャロルの「不思議の国のアリス」と、シャルル・ペロオの童話集をやっとさがし出す。どちらも幸い、新書判ぐらいの大きさで、ポケットにいれられる。話にきいた所では、できればもう一冊あった方がいい、という事だった。だが、ホフマンの「カーテル・ムルの人生観」は、友人にやってしまったし、漱石全集は大きすぎて、人眼につきやすい。

二冊の本を、一冊ずつポケットにいれると、彼は二階の納戸の戸をあけてみる。――ほの暗い納戸の奥に、もう一つ戸があり、それをあけると、ふだんめったに使わないものをつっこんだ、まっ暗な物置だ。――胸のむかつきそうな獣の排泄物の臭気がプンとする。暗やみでごそごそはいずる音……。

「ゴロニャーン！」

電燈をつけると、母猫が、とがめるように鳴いた。ミャー、ミャー、と甲高い声でなきながら、チビ猫どもが眼をしょぼつかせ、よたよたはい出してこようとする。

「だめだよ」彼は、チビどもを奥へおしもどす。「なまじ仏心を出して、ちょっと外へ出してやったら、あんな事になっちまった。――バカ猫め。自分の子供が、どこか迷子になったのも気がつかなかったのか……」

しかったって、わかるはずはない。母猫は、のどをはげしくグルグルいわせながら、眼を細め、彼の指先の愛撫をたのしむように、低く、満足そうに、ゴロニャーン、ゴロニャーンと鳴きつづける。ミイミイピイピイいうチビ猫どもは、物置の中をまわっては、母猫の乳首に吸いつく。

「ほんとに、五匹もうみやがって……」彼は、母猫ののどをくすぐりながら、ふいに涙ぐみそうになる。「知らないのか？――お前の子供の一匹が、今朝、やられちまったんだぞ。やつらは、とうとう目をつけたんだ。もうここには、あまり長くいられないぞ」

猫たちがいなくなったら、娘がどんなにか悲しむだろう、と思うと、胸がいたんだ。とてもかわいがっていたのだ。――かわりに、それこそ犬か……それとも兎でも飼ってやろうか？

娘は、小さいから、じきそれで気がまぎれるだろう。だが——本当の猫好きは、彼自身の方だった、という事を、今さらながら彼は思い知らされた。だからこそ、禁令が出てからも、ずるずると優柔不断に雌猫を飼いつづけ、ある晩、おそらくやつらに追いかけられた一匹の、やせおとろえた雄猫が逃げこんでくると、それもかばい、とうとう雌猫がはらみ——そして、雄猫の方は、ある日、近所の河原で、ずたずたにひきさかれて死んでいた。

　そのころまでは、まだ、たかをくっていたのだ。禁令をやぶっていたために、一家がおそわれて全滅した、とか、ひどい目にあわされた、とかいう噂が、次第にあちこちできかれるようになってからも、なお彼は、どことなくたかをくっていた。それは、いってみれば、無免許運転をつづけているような、あるいは戦時中、軍や経済警察の眼をかすめて、食糧の闇買いをつづけているような、そんな程度の気分だった。

　ほんとうに危険を感じはじめたのは、連中が見せしめのために、違反者のいた町内を襲撃し、荒れまくったというニュースをきいてからだった。——密告者が、あちこちに出はじめた、という話や、連中の手先になって、あちこちかぎまわっている密偵の、特別組織ができているともきいた。警察も、「市民の安全のため」という名目で、とりしまりを強化しはじめた。そのころから、さすがの彼も、何かまわりからしめつけられるような不安を感じはじめた。妻も、同じような不安を感じ、どうする気か、と彼にせまったが、彼女自身も、自分が直接始末をするほどの気はなかった。

こうして、優柔不断のまま、ずるずる日をすごしているうちに、雌猫がついにお産をした。

あの勝手気ままな所のある動物を、屋内から一歩も出さないで飼うことは、一匹でさえ大変な苦労である。それが、五匹も一ぺんにふえ、さらにその五匹が大きくなっていったら……。

何とかしなければ——と、彼は心の底で思いつづけてはいた。——今のうち、何とか「始末」のつけ方を考えておかないと……。

そう思いながらも、幼い娘の喜びぶりにひきずられ、日に日に愛くるしくなって行く仔猫たちの姿にほだされ、なおずるずると日にちがたっていった。何とかしないと、そのうち、大変な事になるかも知れない、と思いながら……、そして、ついに……。

「待ってろ——」彼は仔猫の一匹をとらえ、いやがるのにそのピンクのしめった鼻に、自分の鼻をこすりつけながらつぶやいた。「何とかしてやる。——何とかなるはずだ。むざむざ、連中にわたすものか」

階下へおりて行くと、幼稚園から娘がかえってきた。——どういうわけか、若い保母もいっしょだった。

「まあまあ、どうも……」と、妻は半日でげっそりやつれた顔に、愛想笑いをうかべて、保母を出むかえた。「智子ちゃん、今日は先生におくってもらったの？　いいわね」

「智子ちゃんの、小さいわんわんがいなくなったんだそうですね」まだ娘々した保母は、笑いながらいった。「今日、幼稚園で、その事ばかり心配してましたわ」

「まあ……」といったきり、妻は絶句した。顔色が見る見るかわり、混乱し、自制心を失いかけた視線が、すがりつくように彼を見る。

「ああ、気にしてましたか？」彼は、わざと豪快に笑う。「なあに、そこらへんをうろついてるんでしょう。そのうちかえってきますよ。――先生、おかえりになるんですか？　車でお送りしましょう」

娘の頬っぺたに、大きな音をたててキスをし、不自然なほどはしゃいだ声で笑って見せながら、彼は保母をドアの外へ押し出す。

「あの……」若い保母は、ためらうように彼の顔を見る。「ちょっと気になったことがあるんですけど……」

「何でしょうか？」彼は、相かわらずつくり笑いをうかべてふりかえる。

「ええ――あの……智子ちゃんのわんわんは、ニャアニャア鳴くんだって……智子ちゃん、そういってたんですけど……まさか、お宅で――」

空にむかって、大仰にプッと吹き出して見せながら、彼は腹の中でまっさおになっていた。

「子供は、妙な事をいいますな。仔犬がキュンキュンなくのを、そうきいちゃったんでしょうな」

車庫の鍵をあけながら、彼はまた一段と危険がせまりつつあるのを感じた。――子供の口を封じようとしても、そんなもの長くはつづかない。その事をもっと早く悟るべきだった。

車庫のドアを開こうとした時、ふと、誰かの視線を感じて、彼はふりむいた。――五、六メートルはなれた所に、近所の主婦が三、四人かたまって、何かたった今までひそひそ話していたような雰囲気だった。今、彼女らは、話をやめてじっと彼の方を見ていた。そのために、今までやっていたひそひそ話の話題が、彼、もしくは彼の家庭の事だった事が、あからさまにわかってしまう。

「お出かけですか？」さっき庭をのぞいていた、詮索好きの主婦が愛想笑いをうかべて、ずうずうしく話しかける。「さっき、肥料の事、お聞きするのを忘れたわ」

「かえって来たら、教えましょう」彼は、我知らずかたい声でいう。「急ぎますので……」

「あのう――さっき、お巡りさんがお宅にこられましたね」と、隣の主婦は好奇心むき出しで首をのばす、「何でしたの？」

「別に……」ドアをわざと荒々しくあけながら、彼は顔をそむける。「大した事じゃありません」

「でも、あの――首……」

と、もう一人の若い主婦がいいかけ、別の一人に、シッ！　と袖をひかれる。

きこえないふりをして、車をひき出しながら、彼の心はますますこわばり、じっとりと冷たい汗が、腹のあたりににじみ出す。――もう一刻も猶予はしていられない。

「先生、どうぞ……」

　ドアをあける時、主婦たちが、またひそひそと顔をよせて語りあうのが見えた。

――ほんと？……ほんとだったら、大変よ！　この町内全部に、迷惑がかかるわ。

――でも、まあ、いけずうずうしい。みんなの迷惑も考えないで、よく今までそんな……。私、見たのよ。だって、日曜でもないのに、会社をやすんで、庭木のうつしかえなんて……ふだんは奥さんがやるのよ。あれ、きっと、埋めてたんだわ。そう――

首を……。急がねばならんぞ！と、彼は汗をかきながら考える。「危ない！」横にすわった保母が悲鳴をあげる。――急ブレーキで、やっと通りの横から出てきた、乳母車をはねるのを免れた。

「あの……私、おろしていただきますわ」保母がまっさおになっていう。「歩きます」

「どうぞ……」彼は激しく肩で息をつきながらうめくようにいう。「その方がいい……」

四

漠然と教えられた地区に、愛玩動物《ペット》の店は三軒あった。――二軒は何の反応もなく、三軒目をさがすのに、彼は焦りと緊張でヘトヘトになった。

やっとさがしあてた三軒目は、客がいっぱいだった。小犬、金魚、カンガルー、小鳥が所せましとならぶ間をかきわけて、彼はやっと主人らしい男の姿に近づく。しゃがれ声で悪態をついているオウムの前で、肥った婦人と話しこんでいる禿げた男の横のカウンターへ、彼はさりげなく二冊の本をおく。ページが自然にひらいた恰好で……。「アリス」の方は、あの「笑い猫《チェシャ・キャット》」の挿絵ののっているページ、ペロオの童話集の方は、「長靴をはいた猫」の題字の出ているページがひらかれている。主人は、チラとそれを見て、しばらく知らん顔で婦人と話している。ようやく話が終って、揉み手をして婦人をおくると、彼の方をむいて、愛想笑いをうかべた。

「はい、電気鰻《うなぎ》でございますね。――奥においております」

その眼は笑っていない。迷惑そうな、とげとげしい色をうかべている。――店の奥にはいると、唇もとの笑いも消え、暗い眼つきになって首をふった。

「だめです……」と、主人はぶっきら棒にいった。「もう、あのルートはだめです。この間おそわれたんです。やばくて――とてもやってられない。たかがペットぐらいで、重傷なんかさせられちゃ、間尺があいません」

「こんな店の主人とも思えんいい方だな」ききめがあるかどうかわからないが、彼は一万円札をひっぱり出す。一枚……二枚……たかが猫のために……三枚！「仔猫がうまれちまったんだ。五匹――一匹は今朝、鋏で首をちょん切られた。ルートがだめなら……行先はどこだ？　おれが自分で連れて行く」

「首を？」主人はまっさおになって、口をパクパクさせた。「そ、その首が、門柱の上にのせられていませんでしたか？　家の中をむけて……」

「よく知ってるな」

「あなた——妻子がいるんでしょう？　猫なんかほっといて、いっしょにすぐ逃げなさい。悪い事はいわない。そいつは……そいつは、やつらの警告です。疑いがかかった、というよりは、もう少し強い——家にいちゃいけません。今晩か明日の晩、おそってきます。すくなくとも、今夜は、さぐりに来ます。——家なんか、あきらめちまいなさい。おそわれて……殺された連中もいるんです。ひょっとしたら、もうつけられているかも知れない」

彼はもう五千円ぬき出して、札にかさねた。これで持ちあわせ全部だ。それも会社の金だった。

「四丁目の、骨董屋へ行きなさい」主人はおずおずと札をとりながら眼をそむけてつぶやいた。「一軒しかないから、すぐわかります。主人は婆さんです。そこでたのんでだめだったら——あきらめるんですな」

五

家にかえった時、もう日はとっぷりと暮れていた。彼の家は、門燈もつけずまっ暗で、鍵がかかっている。——出先から電話して、とりあえず妻子を実家に避難させた。

まさかと思うが、万一ということもある。

鍵をあけようとして、彼は何となく、近所の雰囲気が異様なのに気がついた。まだ宵の口なのに、この一郭の家は、すべてぴったり雨戸をとざし、中には門燈さえ消している家もある。――その家もかたく殻を閉じ、息をひそめているみたいだ。

ゴソッ！　という音が、植えこみの方でした。――彼は、ぎょっとして暗がりに眼をこらす。ガサッ、ガサッ、と、灌木の葉をゆすって何かが動いている。彼は戸口にほうり出されてあった小箒をにぎりしめ、全身をこわばらせて、音のする方にちかづく。フッフッという息遣いが、つい鼻先の暗やみからきこえる。

ギャーッ！

と、すごい声をあげて、そいつはいきなり彼の方にむかって突進してきた。得物《えもの》をふりあげるひまもなく、そいつは彼の脇にぶつかり、傍をすりぬけ、塀をおどりこえ、みぞの中を走って姿を消す。仔牛ほどもありそうな、まっ黒な、毛むくじゃらの獣だ。彼はライターをつけてみた。大きな足あとが、しめった土に点々とついている。――急がなければ……やつらは、もうさぐりに来た。

電燈を一つだけつけて、彼は二階へかけあがった。仔猫どもは、母親の腹の所にいっせいに首をつっこみ、うとうとしたり、時折チュッチュッと乳首をすったりしている。

「ゴロニャーン！」と母猫がとがめるように鳴く。

「さあ、急ぐんだ」彼はボール箱に母猫と仔猫を手荒く押しこみ、ひもをかける。

「しばらくの辛抱だ。あばれるんじゃないぞ」

親子五匹となれば、相当に重い。箱をかかえて、階段をおりかけると、ガチャン！と、家のどこかでガラスのわれる音がした。用心のため、電燈を消し、そろそろとドアをあける。——闇の中から、ビュッと石がとんできて、ドスンとドアにあたる。

「猫の首！」と、暗い道のむこう側で誰かが叫ぶ。

「行っちまえ！ どこかへ行っちまえ！——行かなきゃたたき出すぞ！」

彼は車にとびこみ、いそいでエンジンをかける。——人間ども……恐怖にかられた人間たちが、やつらの側にたって、同じ仲間を攻撃しようとしている。

「さあ……しずかにしろ！」後ろの席のボール箱の中で、ニャアニャアギャアギャアわめき出した猫どもをどなりつけ、彼は乱暴に車をひき出す。「うるさい奴らだ。助けてやろうというのに、ちょっとの辛抱もできんのか！」

道路の上に、二、三人の人影がいた。立ちふさがろうとするのを、思い切ってつっこんで行き、追いちらしながら突破する。——背後でわめく声がきこえ、車の屋根に、石がガン！　と音をたてる。そんな事はかまっていられない。時間があまりないのだ。

「船が――八時半に出ます」と、暗い顔つきをした、骨董屋の老婆はうつむいたままいった。「これが最後の船になるでしょう、ええ……南の方の……連中のこられない島で――猫ちゃんたちは安全にくらしています。猫好きの人たちが、家をすててまでうつりすんで世話しています」

　それから老婆は、さびしそうに笑った。

「もっと若かったら、私も行きたいんですけど……」

　車を、最短距離をとって、なおかつ検問などにひっかからないようなコースをえらんで走らせながら、彼はいつしか汗みずくになっていた。

　人気《ひとけ》のない海岸に出ると、彼はスピードをおとし、目じるしに注意しながら車を走らせた。――目じるしの岬と岩はすぐ見つかった。が、――その間の汀《なぎさ》にいるはずの、ランチの姿はなかった。急坂をさかおとしにくだり、しめった砂の上を、注意しながら走らせて、波打際にいってみた。暗い水面に、かすかにモーターの音がひびき、明りを消したランチが遠ざかって行く。

「オーイ！」と、彼はボートにむかって叫んだ。「かえってくれ。これらをつんで行ってくれ」

車にひきかえし、ライトを点滅させ、クラクションをやたらに鳴らす。——潮風にふかれながら、泣き出したいような気持で、沖をながめていると、沖でランチがとまり、小さなエンジン付きボートがひきかえしてきた。

「さあ、おわかれだ……」と、彼は後部座席からボール箱をとり出し、そっと蓋の隅をあけた。「元気でな——チビどもも、行儀よくするんだぞ」

猫どもには、そんなシチュエーションは何もわからない。親猫が外へはい出そうと、蓋と箱の隙間から鼻面を強引につき出す。中ではチビ猫どもが、ニャアニャアピイピイさわいでいる。——それを見ると、苦笑といっしょに、鼻頭がツンと痛くなった。

助けてやろうと、こんなに苦労してやっても……一家の生活が破壊されかけるほどの犠牲をはらっても、こいつらにはそんな事は何もわからないだろう。暗いせまい所に押しこめられ、ゆさぶられつづけ、ただ恐怖を感じているだけだろう。感謝するどころか、いまは飼主をはじめ、人間に対する警戒心でいっぱいだ。

「おーい！」波打際の六、七十メートルも手前でとまってしまったボートに、彼は声をかけた。「どうしたんだ、早く来てくれ！」

「だめだ……」沖から恐怖にみちた声がかえってくる。「後ろを見てみろ。やつらもう来たぞ」

ギョッとしてふりかえると、背後の崖の上にもくもくと黒い影がいくつも動いている。どれも犬ほどの大きさがあり、中には熊ほどのやつがある。——やつらは網をはりめぐらした。ものかげからさぐり、あとをつけ、伝令をとばし、そして今……。

「来てくれ！」彼はズボンのまま、水の中に二、三歩ふみこみながら上ずった声でさけんだ。「まだ間に合う。早く……」

「だめだ。——やつら、泳げるんだ」

彼はボール箱をささげたまま、もう一度ふりかえった。——やつらの先頭は、もう崖をおりきった。

「お前だけでも泳いでこい。猫はうっちゃって……。でないと、お前も制裁されるぞ」

ボートの男は、エンジンの回転をたかめながらどなる。——彼はなお箱をささえたまま進む。波は、もう胸のあたりまできた。そして、やつらの先頭は、もうとめてある車の所まできた。

「ボートをまわせ！」と彼は叫ぶ。「スピードをあげて、おれの前をカーブさせろ。スピードをいっぱいにすれば、やつらもおいつけない」

水は首まできた。時折、足がふわっと底からはなれる。頭上にニャアニャアバリバりさわぎたてる猫どもの箱を高くさし上げ、彼はボートの接近をまった。暗がりと、岸辺からせまるものの恐怖に、ボートの男は目測をあやまり、彼の場所から数メートルはなれた所でカーブを切ってしまう。彼は頭上の腕を力いっぱいふって、箱を投げた。――ドサッと、うまくボートの中に箱がおちる音がきこえた。

「行っちまえ！」彼は塩からい水をのみながら、のどをからしてどなる。「いいから、本船までつっ走れ！　逃げるんだ！」

いうまでもなく、恐怖にかられたボートの男は、フルスピードで沖へむかって遠ざかりつつあった。――あばよ、バカ猫ども……と、彼は水の中で半分泳ぎながら、つぶやく。ほんとに、世話をかけやがって……達者でな。

波打際には、やつらがずらりとならんで、水から上ってくる彼を待ちうけていた。十何匹かは、二手にわかれて水の中にはいり、彼を逃さないようにとりかこんでいる。――むろん、彼はも早逃げはしない。胸のあたりまでの深さの所に立ちながら、じっとやつらのおそってくるのを待ちうけていた。

なぜなんだと、彼は、赤くギラギラ燃える、無数の邪悪な眼――獲物を逃がされた憎悪に燃える眼にむかってつぶやいた。――ほうっといてやれ、もう勝負はついたじゃないか、猫たちは、もうお前たちに危害をくわえる事はできない。食物は人間たちからもらい、お前たちをおそおうにも、お前たちの勢力は圧倒的になってしまった。この上なお、根絶やしにしてしまう必要がどこにある？——たしかに、かつてお前たちの仲間は、猫たちにさんざん駆りたてられ、殺されたろう。その憎しみはわかるが、もとはといえば、猫だって生きるためだったのだ。お前たちは生きのび、ふえ、今や圧倒的な力を獲得した。なおこの上まで、最後の一匹まで、猫を殺す必要があるだろうか？——猫にだって、やはり生きる権利がある……。

だめだ！——と赤くギラギラ燃える眼は、いっせいに叫んだようだった。——今こそ、おれたちは復讐してやるんだ。長らくおいたてられ、子供を殺され、あいつらの足音にもおびえて、びくびくくらしていた先祖同胞の、徹底的なしかえしをしてやるのだ。根絶やしにする必要はないって？——人間だってやったじゃないか。あちこちの地域の狼を、憎しみにかられ、連中がもう、人間の武器の力の前に、危害をくわえられなくなった時に、人間ははじめて安心して彼らを憎み、しらみつぶしに駆りたて、絶滅させたではないか？——人間同士の闘いでも、完全に武装解除された何十万という人間を、無抵抗のままみな殺しにしたじゃないか？——おれたちもやるんだ。そして、おれたち種族の、「聖なる血の復讐」を邪魔するやつも、同じ目にあわせてやる……。

勝手にしろ！——と、彼は最後の侮蔑をこめて、やつらのじりじりせまってくる眼を見かえした。やつら——巨大化し、おそろしい数にふえ、しかも知能まで獲得し、いつの間にか人間の手におえなくなりはじめ、ついに地球上で、人類につぐ大勢力となって、人類の生活を圧迫しはじめ、人類との間に、いくつもの「条約」を——つい最近まで「万物の霊長」として大文明をほこっていた人類にとっては、屈辱的な「条約」を締結するにまでいたった、新種のねずみどもにむかって……。

殺したきゃ殺すがいい！　馬鹿な人間と思うだろう。今となってはお前たちより、はるかに知能も低い、おれたちの種族とは、本来何の関係もなく、助けてやったって何の感謝もされない、あのまるい無愛想な眼をした、手前勝手な動物をすくうために、いのちをおとすような人間を……。だが、お前たちには、まだこういった「高貴な愚行」にいのちまで投げ出す事はできまい。ざまあ見ろ！　これができるかぎり、そしてお前たちにこの「高貴な愚行」ができないかぎり、人間は、たとえ貴様たちにみんな食い殺されても、依然として地球上における「万物の霊長」の栄誉をたもちつづけるだろう。

眼前にちかよって、赤い二つの眼にむかって、彼は思いっきり、唾をはきかけた。

——ギャーッという声が四方におこり、それがきっかけになって、巨大なねずみどもは、波うちぎわから、水の中から、いっせいにおそいかかった。齧歯《げっし》類特有の、あの大きくするどい二枚の門歯が、かみそりのように彼の服をきりさき、のどをきりさいた。ガリガリ、バリバリと骨のかみくだかれる音がした。バシャバシャとしぶきをあげ、むらがりおそう巨大な陸のピラニアの情け容赦ない歯の間で、彼の体はたちまちズタズタにかみさかれ、一体の白骨になり、その白骨さえバラバラになって、暗い水の下に沈んでいった。

お富の貞操

芥川龍之介

あくたがわ・りゅうのすけ（一八九二～一九二七）

東京生まれ。「鼻」を夏目漱石から賞賛されて文壇に登り、才気溢れる様々な作風の短編を書いた。「お富の貞操」は明治の文明開化期が背景。

【初出】「改造」一九二二年第四巻第九号

【底本】『芥川龍之介全集 第九巻』（岩波書店、一九九六年）

一

明治元年五月十四日の午《ひる》過ぎだった。「官軍は明日夜の明け次第、東叡山《とうえいざん》彰義隊《しょうぎたい》を攻撃する。上野界隈の町家のものは匆匆《そうそう》何処へでも立ち退いてしまえ。」——そう云う達しのあった午過ぎだった。下谷町《したやまち》二丁目の小間物店、古河屋政兵衛《こがやまさべえ》の立ち退いた跡には、台所の隅の蚫貝《あわびがい》の前に大きい牡の三毛猫が一匹静かに香箱をつくっていた。戸をしめ切った家の中は勿論午過ぎでもまっ暗だった。人音も全然聞えなかった。唯耳にはいるものは連日の雨の音ばかりだった。雨は見えない屋根の上へ時時急に降り注いでは、何時《いつ》か又中空《なかぞら》へ遠のいて行った。猫はその音の高まる度に、琥珀色の眼をまん円《まる》にした。竈《かまど》さえわからない台所にも、この時だけは無気味な燐光が見えた。が、ざあっと云う雨音以外に何も変化のない事を知ると、猫はやはり身動きもせずもう一度眼を糸のようにした。

　そんな事が何度か繰り返される内に、猫はとうとう眠ったのか、眼を明ける事もしなくなった。しかし雨は相不変《あいかわらず》急になったり静まったりした。八つ、八つ半、——時はこの雨音の中にだんだん日の暮へ移って行った。

　すると七つに迫った時、猫は何かに驚いたように突然眼を大きくした。同時に耳も立てたらしかった。が、雨は今までよりも遥かに小降りになっていた。往来を馳せ過ぎる駕籠《かご》舁きの声、——その外には何も聞えなかった。しかし数秒の沈黙の後、まっ暗だった台所は何時の間にかぼんやり明るみ始めた。狭い板の間を塞いだ竈、蓋のない水瓶《みずがめ》の水光り、荒神《こうじん》の松、引き窓の綱、——そんな物も順順に見えるようになった。猫は愈《いよいよ》不安そうに、戸を明いた水口を睨みながら、のそりと大きい体を起した。

　この時この水口の戸を開いたのは、——いや戸を開いたばかりではない、腰障子もしまいに明けたのは、濡れ鼠になった乞食だった。彼は古い手拭をかぶった首だけ前へ伸ばしたなり、少時《しばらく》は静かな家のけはいにじっと耳を澄ませていた。が、人音のないのを見定めると、これだけは真新しい酒筵《さけむしろ》に鮮かな濡れ色を見せた儘《まま》、そっと台所へ上って来た。猫は耳を平《ひら》めながら、二足三足跡ずさりをした。しかし乞食は驚きもせず後手に障子をしめてから、徐《おもむ》ろに顔の手拭をとった。顔は髭に埋まった上、膏《こう》薬《やく》も二三個所貼ってあった。しかし垢にはまみれていても、眼鼻立ちは寧《むし》ろ尋常だった。

「三毛。三毛。」

乞食は髪の水を切ったり、顔の滴を拭ったりしながら、小声に猫の名前を呼んだ。猫はその声に聞き覚えがあるのか、平めていた耳をもとに戻した。が、まだ其処に佇んだなり、時時はじろじろ彼の顔へ疑深い眼を注いでいた。その間に酒筵を脱いだ乞食は脛《すね》の色も見えない泥足の儘、猫の前へどっかりあぐらをかいた。

「三毛公。どうした？——誰もいない所を見ると、貴様だけ置き去りを食わされたな。」

乞食は独り笑いながら、大きい手に猫の頭を撫でた。猫はちょいと逃げ腰になった。が、それぎり飛び退きもせず、反《かえ》って其処へ坐ったなり、だんだん眼さえ細め出した。乞食は猫を撫でやめると、今度は古《ふる》湯《ゆ》帷子《かた》の懐から、油光りのする短銃を出した。そうして覚束ない薄明りの中に、引き金の具合を検《しら》べ出した。「いくさ」の空気の漂った、人気のない家の台所に短銃をいじっている一人の乞食——それは確かに小説じみた、物珍らしい光景に違いなかった。しかし薄眼になった猫はやはり背中を円くした儘、一切の秘密を知っているように、冷然と坐っているばかりだった。

「明日になるとな、三毛公、この界隈へも雨のように鉄砲の玉が降って来るぞ。そいつに中《あた》ると死んじまうから、明日はどんな騒ぎがあっても、一日縁の下に隠れていろよ。……」

乞食は短銃を検べながら、時時猫に話しかけた。

「お前とも永い御馴染だな。が、今日が御別れだぞ。明日はお前にも大厄日だ。おれも明日は死ぬかも知れない。よし又死なずにすんだ所が、この先二度とお前と一しょに掃溜めあさりはしないつもりだ。そうすればお前は大喜びだろう。」

その内に雨は又一きり、騒がしい音を立て始めた。雲も棟瓦を煙らせる程、近近と屋根に押し迫ったのであろう。台所に漂った薄明りは、前よりも一層かすかになった。が、乞食は顔も挙げず、やっと検べ終った短銃へ、丹念に弾薬を装塡していた。

「それとも名残りだけは惜しんでくれるか？　いや、猫と云うやつは三年の恩も忘れると云うから、お前も当てにはならなそうだな。――が、まあ、そんな事はどうでも好《い》いや。唯おれもいないとすると、――」

乞食は急に口を噤《つぐ》んだ。途端に誰か水口の外へ歩み寄ったらしいけはいがした。短銃をしまうのと振り返るのと、乞食にはそれが同時だった。いや、その外《ほか》に水口の障子ががらりと明けられたのも同時だった。乞食は咄嗟に身控えながら、まともに闖入者と眼を合せた。

すると障子を明けた誰かは乞食の姿を見るが早いか、反って不意を打たれたように、「あっ」とかすかな叫び声を洩らした。それは素裸足《すはだし》に大黒傘を下げた、まだ年の若い女だった。彼女は殆ど衝動的に、もと来た雨の中へ飛び出そうとした。が、最初の驚きから、やっと勇気を恢復すると、台所の薄明りに透かしながら、じっと乞食の顔を覗きこんだ。

乞食は呆気にとられたのか、古湯帷子の片膝を立てた儘、まじまじ相手を見守っていた。もうその眼にもさっきのように、油断のない気色は見えなかった。二人は黙然と少時《しばらく》の間、互いに眼と眼を見合せていた。

「何だい、お前は新公じゃないか？」

彼女は少し落ち着いたように、こう乞食へ声をかけた。乞食はにやにや笑いながら、二三度彼女へ頭を下げた。

「どうも相済みません。あんまり降りが強いもんだから、つい御留守へはいこみましたがね——何、格別明き巣狙いに宗旨を変えた訳でもないんです。」

「驚かせるよ、ほんとうに、——いくら明き巣狙いじゃないと云ったって、図図しいにも程があるじゃないか？」

彼女は傘の滴を切り切り、腹立たしそうにつけ加えた。

「さあ、こっちへ出ておくれよ。わたしは家《うち》へはいるんだから。」

「へえ、出ます。出ろと仰有《おっしゃ》らないでも出ますがね。姐さんはまだ立ち退かなかったんですかい？」

「立ち退いたのさ。立ち退いたんだけれども、——そんな事はどうでも好いじゃないか？」

「すると何か忘れ物でもしたんですね。——まあ、こっちへおはいんなさい。其処では雨がかかりますぜ。」

彼女はまだ業腹そうに、乞食の言葉には返事もせず、水口の板の間へ腰を下した。それから流しへ泥足を伸ばすと、ざあざあ水をかけ始めた。平然とあぐらをかいた乞食は髭だらけの顋《あご》をさすりながら、じろじろその姿を眺めていた。彼女は色の浅黒い、鼻のあたりに雀斑《そばかす》のある、田舎者らしい小女《こおんな》だった。なりも召使いに相応な手織木綿の一重物に、小倉の帯しかしていなかった。が、活き活きした眼鼻立ちや、堅肥《かたぶと》りの体つきには、何処か新しい桃や梨を聯想《れんそう》させる美しさがあった。

「この騒ぎの中を取りに返るのじゃ、何か大事の物を忘れたんですね。何です、その忘れ物は？　え、姐さん。——お富さん。」

新公は又尋ね続けた。

「何だって好いじゃないか？　それよりさっさと出て行っておくれよ。」

お富の返事は突慳貪《つっけんどん》だった。が、ふと何か思いついたように、新公の顔を見上げると、真面目にこんな事を尋ね出した。

「新公、お前、家の三毛を知らないかい？」

「三毛？　三毛は今此処に、――おや、何処へ行きやがったろう？」

乞食はあたりを見廻した。すると猫は何時の間にか、棚の擂鉢《すりばち》や鉄鍋の間に、ちゃんと香箱をつくっていた。その姿は新公と同時に、忽ちお富にも見つかったのであろう。彼女は柄杓《ひしゃく》を捨てるが早いか、乞食の存在も忘れたように、板の間の上に立ち上った。そうして晴れ晴れと微笑しながら、棚の上の猫を呼ぶようにした。

新公は薄暗い棚の上の猫から、不思議そうにお富へ眼を移した。

「猫ですかい、姐さん、忘れ物と云うのは？」

「猫じゃ悪いのかい？――三毛、三毛、さあ、下りて御出で。」

新公は突然笑い出した。その声は雨音の鳴り渡る中に殆ど気味の悪い反響を起した。と、お富はもう一度、腹立たしさに頬を火照《ほて》らせながら、いきなり新公に怒鳴りつけた。

「何が可笑《おか》しんだい？　家のお上《かみ》さんは三毛を忘れて来たって、気違いの様になっているんじゃないか？　三毛が殺されたらどうしようって、泣き通しに泣いているんじゃないか？　わたしもそれが可哀《かわい》そうだから、雨の中をわざわざ帰って来たんじゃないか？——」

「ようござんすよ。もう笑いはしませんよ。」

新公はそれでも笑い笑い、お富の言葉を遮った。

「もう笑いはしませんがね。まあ、考えて御覧なさい。明日にも「いくさ」が始まろうと云うのに、高が猫の一匹や二匹——これはどう考えたって、可笑しいのに違いありませんや。お前さんの前だけれども、一体此処のお上さん位、わからずやのしみったれはありませんぜ。第一あの三毛公を探しに、……」

「お黙りよ！　お上さんの讒訴《ざんそ》なぞは聞きたくないよ！」

お富は殆どじだんだを踏んだ。が、乞食は思いの外彼女の権幕には驚かなかった。のみならずしげしげ彼女の姿に無遠慮な視線を注いでいた。実際その時の彼女の姿は野蛮な美しさそのものだった。雨に濡れた着物や湯巻、——それらは何処を眺めても、ぴったり肌についているだけ、露《あら》わに肉体を語っていた。しかも一目に処女を感ずる、若若しい肉体を語っていた。新公は彼女に目を据えたなり、やはり笑い声に話し続けた。

「第一あの三毛公を探しに、お前さんをよこすのでもわかっていまさあ。ねえ、そうじゃありませんか？　今じゃもう上野界隈、立ち退かない家はありませんや。して見れば町家は並んでいても、人のいない町原と同じ事だ。まさか狼も出まいけれども、どんな危い目に遇うかも知れない。——と、まず云ったものじゃありませんか？」

「そんな余計な心配をするより、さっさと猫をとっておくれよ。——これが「いくさ」でも始まりゃしまいし、何が危い事があるものかね。」

「冗談云っちゃいけません。若い女の一人歩きが、こう云う時に危くなけりゃ、危いと云う事はありませんや。早い話が此処にいるのは、お前さんとわたしと二人っきりだ。万一わたしが妙な気でも出したら、姐さん、お前さんはどうしなさるね？」

新公はだんだん冗談だか、真面目だか、わからない口調になった。しかし澄んだお富の目には、恐怖らしい影さえ見えなかった。唯その頬には、さっきよりも、一層血の色がさしたらしかった。

「何だい、新公、——お前はわたしを嚇《おど》かそうって云うのかい？」

お富は彼女自身嚇かすように、一足新公の側へ寄った。

「嚇かすえ？　嚇かすだけならば好いじゃありませんか？　肩に金切《きんぎ》れなんぞくっつけていたって、風《ふう》の悪いやつらも多い世の中だ。ましてわたしは乞食ですぜ。嚇かすばかりとは限りませんや。もしほんとうに妙な気を出したら、……」

新公は残らず云わない内に、したたか頭を打ちのめされた。お富は何時か彼の前に、大黒傘をふり上げていたのだった。

「生意気な事をお云いでない。」

お富は又新公の頭へ、力一ぱい傘を打ち下した。新公は咄嗟に身を躱《かわ》そうとした。が、傘はその途端に、古湯帷子の肩を打ち据えていた。この騒ぎに驚いた猫は、鉄鍋を一つ蹴落しながら、荒神の棚へ飛び移った。と同時に荒神の松や油光りのする燈《とう》明皿《みょうざら》も、新公の上へ転げ落ちた。新公はやっと飛び起きる前に、まだ何度もお富の傘に、打ちのめされずにはすまなかった。

「こん畜生！　こん畜生！」

お富は傘を揮い続けた。が、新公は打たれながらも、とうとう傘を引ったくった。のみならず傘を投げ出すが早いか猛然とお富に飛びかかった。二人は狭い板の間の上に、少時《しばらく》の間摑み合った。この立ち廻りの最中に、雨は又台所の屋根へ、凄まじい音を輳《あつ》め出した。光も雨音の高まるのと一しょに、見る見る薄暗さを加えて行った。新公は打たれても、引っ掻かれても、遮二無二お富を扭《ね》じ伏せようとした。しかし何度か仕損じた後、やっと彼女に組み付いたと思うと、突然又弾かれたように、水口の方へ飛びすさった。

「この阿魔《あま》あ！………」

新公は障子を後ろにしたなり、じっとお富を睨みつけた。何時か髪も壊れたお富は、べったり板の間に坐りながら、帯の間に挟んで来たらしい剃刀《かみそり》を逆手に握っていた。それは殺気を帯びてもいれば、同時に又妙に艶《なま》めかしい、云わば荒神の棚の上に、背を高めた猫と似たものだった。二人はちょいと無言の儘、相手の目の中を窺い合った。が、新公は一瞬の後、わざとらしい冷笑を見せると、懐からさっきの短銃を出した。

「さあ、いくらでもじたばたして見ろ。」

短銃の先は徐ろに、お富の胸のあたりへ向った。それでも彼女は口惜《くや》しそうに、新公の顔を見つめたきり、何とも口を開かなかった。新公は彼女が騒がないのを見ると、今度は何か思いついたように、短銃の先を上に向けた。その先には薄暗い中に、琥珀色の猫の目が仄めいていた。

「好いかい？　お富さん。――」

新公は相手をじらすように、笑いを含んだ声を出した。

「この短銃がどんと云うと、あの猫が逆様に転げ落ちるんだ。お前さんにしても同じ事だぜ。そら好いかい？」

引き金はすんでに落ちようとした。

「新公！」

突然お富は声を立てた。

「いけないよ。打っちゃいけない。」

新公はお富へ目を移した。しかしまだ短銃の先は、三毛猫に狙いを定めていた。

「いけないのは知れた事だ。」

「打っちゃ可哀そうだよ。三毛だけは助けてやっておくれ。」

お富は今までとは打って変った、心配そうな目つきをしながら、心もち震える唇の間に、細かい歯並みを覗かせていた。新公は半ば嘲るように、又半ば訝《いぶか》るように、彼女の顔を眺めたなり、やっと短銃の先を下げた。と同時にお富の顔には、ほっとした色が浮んで来た。

「じゃ猫は助けてやろう。その代り。——」

新公は横柄に云い放った。

「その代りお前さんの体を借りるぜ。」

お富はちょいと目を外《そ》らせた。一瞬間彼女の心の中《うち》には、憎しみ、怒り、嫌悪、悲哀、その外いろいろの感情がごったに燃え立って来たらしかった。新公はそう云う彼女の変化に注意深い目を配りながら、横歩きに彼女の後ろへ廻ると茶の間の障子を明け放った。茶の間は台所に比べれば、勿論一層薄暗かった。が、立ち退いた跡と云う条、取り残した茶箪笥や長火鉢は、その中にもはっきり見る事が出来た。新公は其処に佇んだ儘、かすかに汗ばんでいるらしい、お富の襟もとへ目を落した。するとそれを感じたのか、お富は体を捻るように、後ろにいる新公の顔を見上げた。彼女の顔にはもう何時の間にか、さっきと少しも変らない、活き活きした色が返っていた。しかし新公は狼狽したように、妙な瞬きを一つしながら、いきなり又猫へ短銃を向けた。

「いけないよ。いけないってば。――」

お富は彼を止めると同時に、手の中の剃刀を板の間へ落した。

「いけなけりゃあすこへお行きなさいな。」

新公は薄笑いを浮べていた。

「いけ好かない！」

お富は忌忌しそうに呟いた。が、突然立ち上ると、ふて腐れた女のするように、さっさと茶の間へはいって行った。新公は彼女の諦めの好いのに、多少驚いた容子だった。雨はもうその時には、ずっと音をかすめていた。おまけに雲の間には、夕日の光でもさし出したのか、薄暗かった台所も、だんだん明るさを加えて行った。新公はその中に佇みながら、茶の間のけはいに聞き入っていた。小倉の帯の解かれる音、畳の上へ寝たらしい音。――それぎり茶の間はしんとしてしまった。

新公はちょいとためらった後、薄明るい茶の間へ足を入れた。茶の間のまん中にはお富が一人、袖に顔を蔽《おお》った儘、じっと仰向けに横たわっていた。（四十一字欠）新公はその姿を見るが早いか、逃げるように台所へ引き返した。彼の顔には形容の出来ない、妙な表情が漲っていた。それは嫌悪のようにも見えれば、恥じたようにも見える色だった。彼は板の間へ出たと思うと、まだ茶の間へ背を向けたなり、突然苦しそうに笑い出した。

「冗談だ。お富さん。冗談だよ。もうこっちへ出て来ておくんなさい。……」

——何分かの後、懐に猫を入れたお富は、もう傘を片手にしながら、破れ筵を敷いた新公と、気軽に何か話していた。

「姐さん。わたしは少しお前さんに、訊きたい事があるんですがね。——」

新公はまだ間が悪そうに、お富の顔を見ないようにしていた。

「何をさ！」

「何をって事もないんですがね。——まあ肌身を任せると云えば、女の一生じゃ大変な事だ。それをお富さん、お前さんは、その猫の命と懸け替に、——こいつはどうもお前さんにしちゃ、乱暴すぎるじゃありませんか？」

新公はちょいと口を噤んだ。がお富は頬笑んだぎり、懐の猫を劬《いたわ》っていた。

「そんなに猫が可愛いんですかい？」

「そりゃ三毛も可愛いしね。――」

お富は煮え切らない返事をした。

「それとも又お前さんは、近所でも評判の主人思いだ。三毛が殺されたとなった日にや、この家の上さんに申し訳がない。――と云う心配でもあったんですかい？」

「ああ、三毛も可愛いしね。お上さんも大事にゃ違いないんだよ。けれどもただわたしはね。――」

お富は小首を傾けながら、遠い所でも見るような目をした。

「何と云えば好いんだろう？　唯あの時はああしないと、何だかすまない気がしたのさ。」

――更に又何分かの後、一人になった新公は、古湯帷子の膝を抱いた儘、ぼんやり台所に坐っていた。暮色は疎《まば》らな雨の音の中に、だんだん此処へも迫って来た。引き窓の綱、流し元の水瓶、――そんな物も一つずつ見えなくなった。と思うと上野の鐘が、一杵《いっしょ》ずつ雨雲にこもりながら、重苦しい音を拡げ始めた。新公はその音に驚いたように、ひっそりしたあたりを見廻した。それから手さぐりに流し元へ下りると、柄杓になみなみと水を酌んだ。

「村上新三郎源《みなもと》の繁光《しげみつ》、今日だけは一本やられたな。」

彼はそう呟きざま、うまそうに黄昏の水を飲んだ。…………

＊　　＊　　＊

明治二十三年三月二十六日、お富は夫や三人の子供と、上野の広小路を歩いていた。その日は丁度竹の台に、第三回内国博覧会の開会式が催される当日だった。おまけに桜も黒門のあたりは、もう大抵開いていた。だから広小路の人通りは、殆ど押し返さないばかりだった。其処へ上野の方からは、開会式の帰りらしい馬車や人力車の行列が、しっきりなしに流れて来た。前田正名、田口卯吉、渋沢栄一、辻新次、岡倉覚三、下条正雄――その馬車や人力車の客には、そう云う人人も交っていた。

五つになる次男を抱いた夫は、袂《たもと》に長男を縋《すが》らせた儘、目まぐるしい往来の人通りをよけよけ、時時ちょいと心配そうに、後ろのお富を振り返った。お富は長女の手をひきながら、その度に晴れやかな微笑みを見せた。勿論二十年の歳月は、彼女にも老を齎《もたら》していた。しかし目の中に冴えた光は昔と余り変らなかった。彼女は明治四五年頃に、古河屋政兵衛の甥に当る、今の夫と結婚した。夫はその頃は横浜に、今は銀座の何丁目かに、小さい時計屋の店を出していた。………

お富はふと目を挙げた。その時丁度さしかかった、二頭立ちの馬車の中には、新公が悠悠と坐っていた。新公が、――尤も今の新公の体は、駝鳥《だちょう》の羽根の前立だの、厳めしい金モオルの飾緒だの、大小幾つかの勲章だの、いろいろの名誉の標章に埋まっているようなものだった。しかし半白の髯《ひげ》の間に、こちらを見ている赭《あか》ら顔は、往年の乞食に違いなかった。お富は思わず足を緩めた。が、不思議にも驚かなかった。新公は唯の乞食ではない。――そんな事はなぜかわかっていた。顔のせいか、言葉のせいか、それとも持っていた短銃のせいか、兎に角わかってはいたのだった。お富は眉も動かさずに、じっと新公の顔を眺めた。新公も故意か偶然か、彼女の顔を見守っていた。二十年以前の雨の日の記憶は、この瞬間お富の心に、切ない程はっきり浮んで来た。彼女はあの日無分別にも、一匹の猫を救う為に、新公に体を任そうとした。その動機は何だったか、――彼女はそれを知らなかった。新公は亦《また》そう云う羽目にも、彼女が投げ出した体には、指さえ触れる事を肯《がえん》じなかった。その動機は何だったか、――それも彼女は知らなかった。が、知らないのにも関らず、それらは皆お富には、当然すぎる程当然だった。彼女は馬車とすれ違いながら、何か心の伸びるような気がした。

新公の馬車の通り過ぎた時、夫は人ごみの間から、又お富を振り返った。彼女はやはりその顔を見ると、何事もないように頬笑んで見せた。活き活きと、嬉しそうに。

…………

ドリス

――ドリスと云う美女、並びに同じ名の波斯猫のこと

谷崎潤一郎

たにざき・じゅんいちろう（一八八六〜一九六五）
東京生まれ。時代の思想にかかわりなく、ひたすら官能美を追求。西欧風のモダンな作風に進んだが、関東大震災を機に関西に移住してからは、古典的日本的美意識を深めた。
【初出】「苦楽」一九二七年一月、二月、四月号
【底本】『猫と庄造と二人のをんな』（中公文庫、二〇一三年）

その一

いったい亜米利加《アメリカ》の女と云うものは、こんなにも技巧の限りを尽して美人になりたがっているのだろうかと、そう思いながら彼はさっきから「モウション・ピクチュア・クラシック」の広告欄を読んでいた。膝の上には猫のドリスがごろごろ喉を鳴らしていたが、それをあやすことは忘れてしまって、彼は全く広告の方に夢中であった。「十五日間にて美しき血色となる」と云う見出しの下に美人の写真が附いていて、その文句には斯《こ》う書いてある。――

　貴女《きじょ》の顔面より吹き出物、黒頭《こくとう》、白頭《はくとう》、赤色の斑点、拡大されたる毛孔《もうこう》、脂じみたる皮膚、及びその他の汚点をきれいに除去せらるべし。妾《わらわ》は貴女に、貴女が渇《かっ》仰《ぎょう》せらるるものより更に以上の、柔軟にして薔薇の如き、清楚にして天鵞絨《びろうど》の如き血色を与うるを得。而《しか》も妾は僅かの日数にてなすことを得る也。妾の方法は独特にして、コスメチック、洗滌《せんじょう》剤、軟膏、石鹸、塗り薬、硬膏、繃帯《ほうたい》、マスク、蒸気噴出、マッサアジ、ローラー、或はその他の器具を用いず。飲食の制限、断食等の必要なし。最も繊弱なる皮膚に施すも障害を起さず。御通知次第無代価にて小冊子を進呈す。決して御心配に及ばず。金銭無用。直ちに事実を得られよ。――シカゴ、ミシガン・ビルディング六四六、ドロシー・レー。

此《こ》れで見ると亜米利加の女どもは美人になりたさに断食をしたり、コスメチック、洗滌剤以下、ローラーに至る迄《まで》のあらゆる器具を使ったりするのが、普通のことであるように思える。「たるんだ顔」と云う題の下には、又こんな記事が書いてある。

――

下垂せる口、頰、二重頤《あご》は貴女を老人の如く見せしむ。皺とたるみとはあらゆる婦人の生命を衰亡に導くもの也。何故《なにゆえ》にそれらを除去せざるや？「マアヴェル・リフタアス」は立ちどころに貴女の顔面に青春を持ち来たすべし、――外科的手段より有効に、――一生涯継続す、――断髪にても長髪にても着用可能、――他人に探知せらるることなし、――貴女がそれを貴女の顔面に取り附けられたる瞬間に奇蹟起らん、――貴女は貴女が二十歳の時の若々しき外貌を回復せん、――「マアヴェル・リフタアス」は滑り落ちることなし、——顔面のセメント質がそれを支え、貴女が取り外さんと欲する時まで保持せらるべし。定価三弗《ドル》。保証附。然らざれば代金を返附す。——カリフォルニア、ロス・アンジェルス、九番街、リュシル・フランシス製造会社。

「リフタア」とはどう云うものか想像もつかないが、「吊り上げるもの」と云う意味だろうから、日本の俳優が鬘《かつら》の下へ貼る羽二重のようなものだろうか。しかし「顔面のセメント質が支える」とあるから、そうでもないらしい。ちょっと見ては分らないように、巧く拵えた膏薬ででもあるのか知らん。「如何にして二重頤を除き、或は防ぐべきか」と云う一ページ大の広告には、女が頭から革紐のようなもので頤を吊っている写真が出ていて、「デエヴィス式頤吊り器はあなたが眠っていらっしゃる間、常にそうッとあなたの顔面筋肉を支えております。それは青春の美しい輪廓を再び得させるばかりでなく、口で呼吸をすることを防ぎます。円い、滑らない頭部の附いている簡単な頤吊り器です。木綿で出来ていて、手袋のようにぴったりと嵌《は》まり、ハンケチのように訳なく洗えます」とある。そうして本文に、——

デエヴィス式頤吊り器は万人の知れるところ。数千の婦人は二重頤を治し、壮年期の潑剌たる外貌に復せんがため一般に之を使用し、最も効果あることを認む。妾は有名なる紐育《ニュウヨーク》の一化学者と協力して数箇月の研究を積み、今や新たに若返り用クリームと皮膚収斂剤とを加え、デエヴィス式頤吊り器の作用を一層改良し、増大することを得たり。……

それからまだ長々と効能書きや使用法が述べてあって、代価は器具が二弗、若返り用クリームが一弗、収斂剤が一弗。発売元紐育五番街五〇七、コーラ・エム・デエヴィス。――ずいぶん人を馬鹿にしたもんだが、譃《うそ》が半分としてみたところで幾らか利き目があるのだろうか。こんな大きな広告をして引き合うのだとすると、それ相当に買い手があるのに違いなかろう。

「ノートックス」として「自然が為せる如く毛髪を染める」と云う薬剤がある。「驚くべく迅速に、容易に胸廓を発達させるビュウティバスト」と云うものがある。「事実に於いて胸部と頸部とを発達せしむ。ポンプ療法、真空療法、又は過激なる運動を用いず。愚劣なる、或いは危険なる方法にあらず。試験を経たる事実にして、極めて愉快に、有益に、奏功確実なる自然的方法也。若《も》し貴女にして簡単なる規則を遵奉すれば断じて失敗することなし」だそうである。「新式の帯を以て腰部と臀部とを十秒間に若返らす」と云うのが、此れも一ページ大の広告で、その帯を着けた女の全身像があり、「腰」と「臀」と云う字が素晴らしく大きく印刷されている。

ああ、遂に！　驚くべき嶄新《ざんしん》なる科学的の帯は発見せられたり！　そは一瞬時に貴女の外形を改善し、貴女の腰と臀とを、殆んど見る間に若返らすべし。

「貴女の肉づきを改良せられよ。」――腕、脚、胸、若しくは全身にウォルタア博士のゴム締めを適用せらるべし。足頸を改良し、整形するためには足頸締めあり。足頸の寸法を申越されたし。定価一足七弗。ジュアンヌ・エー・ジー・ウォルタア博士。紐育五番街三八九。

「太き足頸は貴女の美を損う。貴女はきゃしゃなる足頸を所有するを得。」――リナア足頸締めは普通市場にある売品とその選を異にす。それは単に肉を圧縮するのみならず、事実に於いて脂肪を去り、次第に、而も確実に、膨脹せる部分を改良す。薬品もしくはクリームにあらず。紐にて結ぶ必要なし。特に整形用のために考案せられたる純精のゴム製にして、他人に窺知せらるることなく、靴下の下に心地よく着用せらる。穿くにも脱ぐにも自在なること手袋の如し。——リナア製造会社、紐育五番街五〇三。

「若しも彼女の足頸がなかったならば、彼女は美人であったであろうに。」——たとえ容貌はいかに愛らしくとも、姿はいかに優雅なりとも、太き足頸を持てる婦人は真の美人たり難し。歩行せずして乗り物を用うる近代の生活様式は、その代償として脂肪の堆積を購いつつあり。此れは特に足頸に於いて顕著にして、無用なる脂肪組織が不恰好なる層を築き、自然のしなやかなる曲線を分厚に蔽い隠すに至る。マダム・ウィルマルト式療法の最も重要なる点は足頸整形用電気帯にして云々。定価二弗九十八仙《セント》。番外大型四弗九十八仙。紐育四十二番街、東十二号、マダム・ウィルマルト。

此の夥《おびただ》しい足頸に関する広告には、いずれも足頸の写真が這入っているのであるが、「如何にして完全なる形の鼻を得べきや」と云うところには、いろいろな恰好の鼻が列《なら》んでいる。「今日の時勢に於いて、貴女が成功せんと欲せば貴女の容貌の牽引力は絶対に必要なりとす。貴女は社会が、大部分貴女の容貌に依って貴女を判断することを発見すべし」と云うような処世哲学を述べてから、さてその次ぎに、——

　予が最近に大改良を施したる整鼻器、合衆国専売特許「トラドス、モデル二十五号」は、手術を用いずして迅速に、安全に、愉快に、永久に、すべての不正形なる鼻を正しくす。それは六箇の締め着け器具にて組み立てられ、軽き、光沢ある金属製にして、堅固に、心地よく各人の鼻に密着す。内側は上製羊皮にて被われたれば、金属の部分は直接皮膚に触れることなし。夜間着用せば貴女が仕事の妨げとならず。実験者の証明書数千通手元にあり。——美容術師エム・トライルティー、紐育ビンガムトン、アッケルマン・ビルディング一九六五。

「貴女は完全なる鼻を得べし。」——専売特許整鼻器「アニタ」は奏効確実にして定価至廉也。貴女は天成の美を培い、能《あた》う限り外貌を研かるべし。万一貴女の鼻の形に欠点あらば、貴女は「アニタ」整鼻器を以て、日中の業務を妨ぐることなく、秘密に、貴女の室内に於いて、一二週間に完全に整形することを得。高価にして苦痛なる手術の要なし。「アニタ」整鼻器は貴女が眠りつつある間に、迅速に、苦痛なく、永久に、而も安価に治療するなり。「アニタ」整鼻器は独創的の鼻支えにして絶対保険附なり。歪み、もしくは挫けたる鼻に対し、医師より多大の推讃を博す。取り付け自在。ネジを用いず。金具を用いず。肌触りよく、丈夫にして寸毫も不快を与えず。模造品に注意せられよ！　御一報次第「幸福なる前途」と題する小冊子を無代にて贈呈す。――ニュジャアシー、ニュウワアク、アニタ・ビルディング二二九、アニタ会社。

西洋人は獅子ッ鼻を喜ぶと見えて、此の「アニタ」整鼻器の広告には、唇の方を覗いている鼻と、それが上向きに直ったところとが図に画いてある。大方こんなのは猶太《ユダヤ》人の女が買うのであろう。

「四月の露の如く輝やく瞳」と云うのがある。――

若き婦人は睫毛《まつげ》を美しくすることに依って魅惑的なる眼を持つを得べし。「ウインクス」を以て睫毛を黒くせば、眼の表情は百倍も優らん。「ウインクス」は罎《びん》の栓に附属するガラス製の棒を以て塗る。睫毛は長く、重く見ゆべし。直ちに秘密に乾燥す。障害なく、能《よ》く水に堪う。数日間有効。発汗、もしくは劇場に於いて泣くことあるも効力を変ぜず。定価七十五仙。（黒色と褐色の両種あり。）睫毛に栄養を与え、その成長を促がすためには無色クリーム「ラッシュラックス」を夜間に用うべし。クリーム「ラッシュラックス」定価五十仙。（黒色、褐色、無色。）紐育十七番街、西二四七号のB、ロッス会社。

「貴女も亦、『メイベリン』を以て貴女の瞳を即座に美しくすることを得ん。」――ほんの少量の「メイベリン」は、軽き、短かき、薄き睫毛と眉毛とを、生れつき黒く、長く、豊かなるが如く見せしめ、斯《か》くしていかなる眼にも美観と、魅惑と、生き生きとしたる表情を与う。他の品と異り、絶対無害にしてニチャニチャせず、流れ出したり顔を汚したりすることなし。その迅速なる効験は必ず貴女を喜ばすべし。至る所の美しき少女婦人達に愛用せらる。可愛らしき小函の中に鏡とブラシとを備う。ブロンド髪用褐色、ブリュネット髪用黒色の二種あり。――シカゴ、シェリダンロード四七五〇、メイベリン会社。

「当世娘の最新式睫毛美化法」――当世風の多くの娘たちの最近の発見は、その容貌に一層の美を加うるところの、長く、濃く、光沢ある、縹渺《ひょうびょう》たる睫毛を作り出す化粧法なりとす。彼女達は新式にして容易に観破せられざる液体を用う。そは旧式の固形物と異り、使用簡便にして瞬時に乾燥す。睫毛を黒く、実際よりも二倍も長く、重く見せしむ。此の液体は水を弾くが故に涙にも汗にも作用せられず。流れ出し、汚きしみとなり、もしくは摩擦して消ゆる等のことなし。薬名「ラッシュブラウ」。我等は試験的に無代価を以て「ラッシュブラウ」溶液を贈呈し、同時に見本として眉毛と睫毛との成長を刺激する「ラッシュブラウ」ポマードを封入すべし。――紐育カナル街四一七、ラッシュブラウ実験室。

「如何にして唇の曲線を美化すべきか。」――トライルティー氏新式唇整形器はその収斂性洗滌剤と共に、凸出せる唇、分厚に醜き唇を常態に復し、かくして貴女の容貌を百パーセントも美しくせん。此の新式器具は愉快にして取り附け自在、夜間に使用す。それは又呼吸のしかたを改善し、有害にして他人に迷惑なる鼾《いびき》の習慣を矯正す。――紐育ビンガムトン、トライルティー。

「魔法手袋、――一夜にして貴女の手は白皙《はくせき》とならん。」――驚くべき科学的大発見！イーガン博士の夜間用魔法手袋は、皮膚の荒れたる、赤くふくれたる、節くれ立ちたる手を、一夜のうちに白くしなやかに変化す。……試みにほんの一と晩着用せられよ。翌朝貴女は殆んど信じ難き程の一大変化を、貴女の手に於いて発見せん。三四回使用せらるれば貴女は一対の新しき手を持つに至らん。そは地質の中にある薬剤の働きにして、此の手袋は有名なるイーガン博士が完成せられたる溶液を含有するが故也。地質中の薬液は体温に依って作用を起し、独特の効果を手に及ぼして、それを漂白し、柔軟ならしむ。手は白色に、——魅力ある自然の白色に、而して恰《あたか》も天鵞絨の如くすべすべと滑かにならん。……イーガン博士魔法手袋一と組は、薬剤応用手袋一対、イーガン博士「ポーアラックス」一《ひ》と壜《びん》、手袋用薬液一と壜、イーガン博士著「手の衛生」一冊より成り、美麗なる函《はこ》に収めらる。「ポーアラックス」は手袋を着用せんとする時、予《あらかじ》め塗抹する特別のクリームにして、之を以て毛孔を開き、薬剤の作用を旺盛ならしむ。手袋用薬液は一定期間使用の後に手袋の寿命を回復するものとす。定価一と組五弗なれども特に今回は一弗九十五仙。シカゴ、ステート街、南二二〇、エス・ジェー・イーガン博士。

「丈高くなられよ！」——貴女の身長を増加せられよ！　簡単にして自然に、容易なる方法也。貴女の身長を増加し、貴女の姿態を美しくせん。御通知次第説明書を進呈す。——ニュウジャアシー、アトランティックシティー、自然的美容法研究所。

「わにまたを矯正せられよ。」——彎曲《わんきょく》せる脚や膝を持てる婦人たちよ、予は今や短時間に確実安全にわにまたを矯正し、脚を真っ直ぐにする新式器具を売り出したり。苦痛なく、手術を用いずして、効果は迅速に永久也。最新「わにまた矯正器」モデル十八号。合衆国専売特許品。夜間使用。取り付け自在。——シカゴ、メイフィールド街、北六五〇、チャアレス・コールマン教授。

「貴女の足の趾《ゆび》を真っ直ぐにし、趾の股の贅肉を除去せられよ。」——恰好よき足は永久の愉快也。貴女の足を美しくせられよ。足趾完成ゼンマイ器具は、趾の節々が太くなり股に炎腫が生ずるところの真の原因を除くことを得。夜間使用。昼間用補助器付。足の寸法を御通知あれ。——紐育ブロードウェー一三二八、足専門業、シー・アール・アクフィールド。

「愛らしき足を持ち、当世風のきゃしゃな舞踏靴を穿き給え！」——「プレティー・フィート」は完全に愉快に、何等の苦痛もなく、趾の股の贅肉を溶解すること保証附也。膏薬にあらず。汚点を留めず。使用軽便。百発百中。御一報次第無代価にて試験用「プレティー・フィート」を郵送す。通信は秘密を厳守す。人目につかぬよう包装す。唯今直に申し越されよ。――シカゴ、ハアヴィー街一九〇一、世界的贅肉及び炎腫専門家、コンクリン教授。

「たこや豆に害《そこな》われざる完全なる足を持たれよ。」――流行と快感とは、足が素直に、心地よく、当世風のきゃしゃな舞踏靴にピッタリ嵌《は》まることを要求す。……貴女はそれらを最新式溶解剤「ペドダイン」を以て迅速に、無害に、愉快に除却することを得。……シカゴ、ラサル街、北一八六、ケイ実験室。

彼は「クラシック」と云う雑誌を、今日始めて見る訳でもないのに、いつも女優の写真にばかり見惚れていて、広告欄に注意しなかったのは迂闊であった。退屈紛れにそれらの記事を一つ一つ拾って行くと、天下にこんな面白い読み物はないような気がする。近頃の日本の娘たちの憧がれの的が活動女優であるように、亜米利加に於いても少し器量のいい少女たちは、――いや、器量の悪い連中でも苟《いやし》くも女である限りは、――ハリーウッドを功名と栄達の天国のように夢想していることであろう。そう云う女たちが多ければこそ、此の馬鹿馬鹿しい広告が繁昌するのに違いないが、まあそんなことはどうでもいい。此れを読んでいると、能書通りの利き目が有る無しは別問題として、彼の頭にはいろいろな妄想が際限もなく湧くのである。兎に角亜米利加と云う国では、女の白いしなやかな体を飴細工か粘土のように心得ているらしい。そうしてそれを、科学の力で自由に伸ばしたり縮めたり、好きなように捏《こ》ね廻すことが出来ると考えているらしい。それが実に愉快ではないか。第一足の専門家だの、たこや豆の専門家だのと云う職業があるのが振っている。睫毛の美容術師、鼻の美容術師、頤の美容術師、手、胸、臀の美容術師、――そうなって来ると、美容術師は人形師と同じことだ。彼等は人形を造るように「女」を造る。造られる方の女たちも、自分で自分の肉体を、人形をでっち上げる材料のように取り扱う。あ、此処が少うし太り過ぎているから、此処を二三寸削ってやろう、此処は凹み過ぎているから、もうちっとふっくら盛り上げてやろうと云った工合に、頭の先から足の趾の股にまで気を配って、彼方此方をいじくり返して、理想通りの型に鋳ようと苦心をする。何事につけても人為的な技巧を用いたがる西洋人は、実際そんな風なんだろう。……

「ああ、そうか、此の間見た『アメリカン、ヴィナス』と云う映画にもそんなところがあったっけな。」

と、彼はひとりでそう思うのであった。それは亜米利加じゅうの州と市とから、各《おのおの》その土地の代表的美女を選んで、ミッス・カリフォルニア、ミッス・ニュウヨークなどと名づけて、アトランティック・シティーへ送る。全国の美女が其処へ集まって来た中で、最も美しい一人の乙女を選抜して、彼女をミッス・アメリカと名づける。それを選ぶには一定の標準があり、せいの高さがどのくらい、頸の太さがどのくらいと云う風に、ちゃんと極《き》まっているのであるが、此処にセンタアヴィルと云う町の一人の乙女が、試験に応じようとする。彼女の体は何処を測っても示された標準に近いのである。たとえば胸廓が半インチ、腰の周りが四分の一インチと云うくらいしか違っていない。彼女は一人のマネエジャアの指揮に従って、毎日いろいろな体操をして、とうとう標準にぴったり一致する迄に四肢を鍛える。……

「己《おれ》もあんな風なことがやって見たいが、手近なところにそう云う女は居ないもんかな。居たらば己がマネエジャアになってやるんだが。……」

彼は安楽椅子に凭《もた》れながら、果てしもない空想に耽っていた。ちょうど其の時、猫のドリスは主人の膝を這い下りて、部屋の中へ舞い込んで来た一匹の虻《あぶ》を追いかけ始めた。

その二

「ドリスや、ドリスや、」

彼は再び膝の上へ載せようと思って、手招きしながら呼んで見たが、ドリスはそれを耳にも入れず、子供が飛行機を見上げるように、天井に舞う虻の行くえを眺めている。猫はいつでも、じーッと上の方を見る時に、その眼が最も悧巧《りこう》そうな輝きに充ち、愛くるしい感じを与える。ドリスの眼は金色であった。そうして明るい部屋の中には、五月の午後の日光が溢れているので、彼女の瞳孔は正午の日時計のように縮まり、金盤の上に一とすじの線を引いたかの如く微かである。……が、茲《ここ》にドリスが普通世間にあるような凡庸な猫と間違われないように、彼女がいかなる種類に属する動物であるかを、先に説明して置く必要があろう。——

英京倫敦《ロンドン》に於ける「猫の展覧、交換、並びに競売場」から発行する「家庭的愛玩猫」と題する冊子の、千九百二十一年版に依ると、第二章「猫の種類とその性質」の中に、「長毛若しくは波斯猫《ペルシャねこ》」と云う一節がある。——

長毛（若しくは波斯）猫

嘗《かつ》て人は長毛猫なる部類の下に、波斯種、アンゴラ種、支那種、印度種、仏蘭西《フランス》種、露西亜《ロシア》種等の種目を挙ぐるを例としたり。然れども斯《かく》の如き繁多なる分類法は、分類よりも寧《むし》ろ混雑を来たすに止まる。のみならず、現今に於いては波斯種とアンゴラ種とを区別すること全然不可能にして、近代の研究家は、此の二つの名を以て同一の猫の異名なりと認めつつあり。

昔時《せきじ》多くの愛猫家は、長毛猫の或るものに「アンゴラ」なる名を用うるに慣れ、その結果波斯猫とは全く異りたる一種類なりと目するに至りき。左様なる分類法がその頃は正しかりしや否やは知らざれども、現今はその名に該当するものなし。昔時のアンゴラなる称呼は、普通一般の愛猫語としては廃滅に帰したり。昔時アンゴラは毛、頭、耳、尾に就いて、波斯種とは異なるものと信ぜられき。――即ち前者は毛軟かく、頭の形一層角張り、耳には多量の毛の総《ふさ》ありて大きく見え、尾にも夥しき長毛毿々《さんさん》と垂れ下り、尾それ自身は末端尖りて細長きこと神前の蠟燭の如しとせられたりき。

現時の波斯猫は、大多数の愛猫家、並びに猫展覧会の訪問者に依り絶大の賞讃を博しつつあり。而して巧妙にしつけられたる、充分に発育せる典型的のものよりも、世に美しき動物はあることなし。波斯猫の毛色は白、黒、青、チンチラ（栗鼠色）、クリーム、オレンジ、燻《いぶ》し、銀、まだら、鼈甲《べっこう》、或いは白と鼈甲の交りなりとす。

白波斯は多くの人の愛翫措かざるところにして、その毛皮が一点の汚れなき純白の状態を維持する限り、誠に「完璧の美観」たるに背かず。青、チンチラ、燻し、黒等も亦甚だ賞美せらる。就中《なかんずく》初めの二者は殊に然り。

茲に主なる毛色の分類に入るに先だち、典型的の波斯猫に欠く可からざる資格を挙げんに、波斯猫の栄誉は一に係ってその毛皮にありとす。毛は長くして且《かつ》絹の如くならざるべからず。而して耳の周囲に於いて一層長く、織物の「縁飾り」の如くなることを要す。頭は円くして額広く、瞳は充分に大きく、その色は毛皮の色に従って異なり、眼と眼との間は相当に離れてあるべし。耳は小さく、毛の総を持ち、前方に程よく向い、二つの位置は互に近接せざるを良しとす。鼻は短からざるべからず、——世に云う「獅子ッ鼻」の最も可憐なるもの也。前肢は短く、骨組みよく、足には密生せる毛の総あるべし。尚一つの最も顕著なる特性はその尾にして、それは短かく、極めて毿々たる毛を有す。


で、ドリスが所謂《いわゆる》「完璧の美観」である白波斯であることは間違いない。同書「白波斯」の条を見ると、又左の如く記されている。――

白波斯

此の猫の養育に関し、往々誤れる意見を持つ者ありて、此れを育て、展覧会に出陳し、以て成功せんと欲せば、居を田園に構えざるべからずとか、都会地に於いて此れを養うも、展覧会にて栄冠を菰《か》ち得る望みなしとか云う人あれども、必ずしも然らず。此の種の猫は田舎に於いて飼育する方有利なること勿論なれども、白波斯の養成者が、繁華なる都会地にて成功せる例も少からず。適当なる家屋と、本書第三章第四章に説くところのドライ・クリーニングの方法に依り、或る程度まで不利なる条件に打ち克つを得る也。全身の毛皮が一点の曇りなき純白を保ち、房々とふくれたる状態は、その美しさ衆目の集まる所となり、真に展覧会場の花と云うべし。そはパッチリとせる深みある青き瞳と、円き頭と、短く綺麗に切れたる耳と、大なる頭蓋と、よく発達せる鼻口部を有する短かき顔とを持たざるべからず。且又短かき身長と、健固なる四肢と、短かくして太き刷毛（即ち尾）とを持たざるべからず。体の上へ鞭の如く長く伸びたる刷毛は失敗にして、附け根がひろがり、先が大きく尖りたる耳も同様なりとす。耳は必ず毛を以て蔽われてあるべし、裸なるべからず、全身の毛皮と同じく純白にして、寸毫の汚点、若しくはクリーム色の縞等あるべからず。毛皮の地質は出来得る限り絹の如くにてあるべし。然れども青き瞳の白波斯は、不幸にして殆んど常に聾なるか、或いは耳の遠きものなり。

が、幸か不幸か、ドリスは金色の瞳を持っていて、聾ではなかった。

兎にも角にも、そう云う日本には珍らしい猫であるから、彼のドリスを愛することは一と通りではないのである。その上波斯猫のいいことは、日本猫や欧洲猫のように敏捷でなく、いくらか魯鈍《ろどん》なところがあって、亡国的に、おっとりとしている。彼の書斎にはせいのひょろ長い青磁の花瓶だの、石膏の仏蘭西人形だのが、所嫌わず置き散らかしてあるけれども、ドリスはするすると静かにその間を通り抜けて、一度もそんなものを倒したことがない。ちょうど育ちのいい、しとやかなお嬢さんのようで、或る場合には魯鈍どころか、人間よりも繊細な心づかいをするように見える。尤も一つ困ったことには、至る所に尾籠なものを排泄する癖があって、いくら便器をあてがってやっても、此ればかりは矯正されない。ここらが波斯猫の亡国的な所以《ゆえん》であろうが、可愛くなると不思議なもので、彼はドリスの糞便の世話をするのを、億劫だとも不潔だとも思わなかった。

「うん、よしよし、何処でも好きな所へやりな、あとは己《おれ》が拭いてやるから。」

と、そう云った工合に甘やかすので、ドリスは平気で、極めて鷹揚に部屋のまん中へ垂れ流しをする。恐らく此れほど悠然と、女王の如き威厳を以て、支那絨毯の絢爛《けんらん》な敷き物の上へ糞尿をするものはないであろう。人間といえどもこんな贅沢は出来る筈がない。

　そもそも此のドリスと云う猫は、もとは亜米利加のＰと云う活動女優の愛猫であって、それがどうして彼の手へ渡ったかと云うのに、ロス・アンジェルスに住んでいる彼の友人のＡなる男が、彼の孤独を慰めるべく、無理にＰ嬢から貰い受けて、はるばる贈って来てくれたのであった。Ａの手紙に依ると、Ｐ嬢は非常にドリスを可愛がって、しばしば彼女の映画の中に使ったことがあると云う。そしてその手紙には、Ｐ嬢が銀のようにきらきら光る夜会服を着て、両手でドリスを抱きながら頬擦りをしている写真を封入してあったが、彼はその写真を見る迄もなく、たしかにＰ嬢の映画の中で、一度ドリスの姿を認めた覚えがあった。何と云う題の絵であったか、そこ迄は忘れてしまったけれども、何でもＰ嬢がお得意とする妖婦型の役をやった時だった。寝間着をまとった、しどけない恰好で、長椅子の上に腹這いになりながら、両足を挙げてぶらんぶらんさせていると、そこへ真っ白な波斯猫が、椅子の下から媚びるように這い上って来る。嬢が笑いながら愛撫してやると、ドリスはさも嬉しそうに、払子《ほっす》のような尾を動かして、嬢の頬ッぺたや、頤《おとがい》の周りや、腋《わき》の下などへ一生懸命に首ったまを擦りつける。

「ドリスや、お前の方が馬鹿な男たちよりもよっぽどいいよ、うるさくなくって、大人しくって。……」

と、その場面にはそんなタイトルさえも出たような気がする。

だから「ドリス」と云う名前はその時分から附いているので、彼はP嬢から、猫と一緒にそれまで譲られた訳であった。ドリスが始めて、「これあ丸」のボーイに托されて神戸へ着いた時、バスケットを提げて受け取りに行った彼は、写真結婚をする日本の移民が、嫁御寮を迎いに行くのと同じような気持ちであった。そして

「ドリスや、ドリスや、」

と呼ぶと、

「おや、此の人はどうしてあたしの名前を知っているんだろう。色の真っ黒な、P嬢とは似ても似つかない変な男だが、」

と、最初は気むずかしそうな様子で、眉に八の字を寄せていたが、家へ連れて来て二三時間もするうちに、程なく馴れて「にゃあ」と返辞をするようになった。その

「にゃあ」と云う声をきくと、彼はP嬢の紅い唇を連想した。あの美しい、クローズアップで見覚えのある、カッキリと割れた二つの朱線、――あの唇も、定めてしばしば此の猫に向って、「ドリス」と云う名を呼んだであろう。“Doris!《ドリス》 Doris!《ドリス》” ――と、此の発音をする時に、あの二つの朱線はどんな工合に動いただろう。“Do《ど》” と云う時はOの字形に円く開かれ、“ri《り》” と云う時はきんまくわ瓜の種のように粒の揃った歯並びが見え、“S《ス》” と云う時は上の歯列と下の歯列がカッチリと合って、唇の先は恰も接吻を求めるかのように、前の方へ突き出たであろう。そうして又、亜米利加流にりんりんとした彼女の声は、どんなに快活に、どんなに晴れやかに、部屋の隅々へ鈴のようにひびいたことだろう。此処にいる此の猫は、長い間その唇の運動を見、その声を浴びせられていたのだ。そうして今や日本へ渡って、此の狭くるしい書斎の中へ入れられて、己の胴間声で「ドリス」と呼ばれても、やっぱり「にゃあ」と返辞をする、その金色の瞳には、未だにもとの女主人の唇がはっきり映っているかのように。……

彼はドリスを、P嬢がそれを抱いたのと同じポーズで抱いてみた。P嬢が頬を擦りつけた、同じところへ自分の頬を擦りつけてみた。P嬢の通りにしどけない寝間着姿で、長椅子の上へ腹這いになって、両足を挙げてぶらんぶらんさせながら、ドリスの首ったまを自分の頬ッぺたや、頤の周りや、腋の下へ突っ込んでみた。そうして彼も

亦、

「ドリスや、お前の方が馬鹿な女たちよりもよっぽどいいよ、うるさくなくって、大人しくって。……」

と、そのタイトルを云うのであった。

思うにP嬢はドリスの臀癖《しりぐせ》の悪いのにあいそを尽かして、さてこそ手放したのであろうが、それが彼にはもっけの仕合わせになったのであるから、垂れ流しをされたところで恨むにはあたらない。で、此の頃の彼の仕事と云えば、一日ドリスの跡を追い廻して、その臀拭いをすることであった。

「ああ、そう云えば西洋には女の美容術があるばかりじゃない、猫の美容術もあるんだっけな。西洋人は猫の白い体をも、女の白い体と同じく飴細工のように考えているんだ。」

彼はふいと又そんなことを思うと、読みさしの「モウション・ピクチュア・クラシック」を閉じて、ちょうどデスクに置いてあった、今の「家庭的愛玩猫」の或るページを開いた。断って置くが、此の書は彼がドリスを養育するためにわざわざ倫敦から取り寄せた珍書で、めったに日本にはないのである。そうしてドリスが彼の書斎を離れない如く、此の書も常に彼の座右に備え付けてあるのである。

と、彼の眼に触れた第五十ページにこんな事が記してある。——

　各種類の猫の眼は間断なき注意と看護とを要す。眼瞼《まぶた》を縁取り、眼球を蔽うところの粘膜は、種々なる原因に依りて炎症を起すことあり。そは単に偶然の結果か、外物の附着せるためか、風邪《ふうじゃ》その他の病気と共に併発するか、強烈なる薬剤の中毒か、或は全く体質に依るもの也。斯かる場合には夥しく涙を流し、眼を細くし、若しくは全然眼瞼を閉じて、光線を避くる風あり。一般に風邪より発生したるものは、此れを居心地よき屋内に移し、空気と光線の刺戟より遠ざくれば間もなく快癒す。生温かき牛乳と水との混和液は、眼やにその他のいかな分泌物にも有効にして、然る後に硫酸亜鉛四グレイン、薔薇水一ドラム、蒸溜水一オンスの溶液を以て拭うを可とす。此の場合猫の頭を仰向けにして、充分溶液を眼球の周囲に浸潤せしむ。此の溶液を一週間用うるも尚効力なき時は、黄色酸化水銀一グレイン、純精ラード一ドラムの塗り薬を、毎日朝夕二回ずつ用う。若し外物の附着せる時は、駱駝《らくだ》の毛筆を以て、眼球の上を静かに撫でて除き去るべし。眼をぱっちりとせしむるために或る薬剤を用うるも可也。成長せる猫にはデザートスプーンに篦麻子油《ひまし》一杯、仔猫には茶匙に一杯を適量とす。

長毛猫にありては耳に対する特別の注意を要す。耳の総には塵埃汚物等が附着し易きものにして、猫自らは此れを除き去ること能わず、頭を振り、耳を掻きなどすれども、何等の効なし。依って二日置き若しくは三日置きに、程よく乾燥せるスポンジを耳の内側と外側とに用うべし。但し此の場合に総を損せざるようにせざるべからず。

五十九ページから六十ページには毛皮の梳《す》き方と云うのがある。——

毛皮の梳き方。——毛を梳くことは展覧会用の猫のためには欠くべからざる手段にして、健康を増進し、快感を与うる見地よりするも、必要以上に願わしきこと也。その梳き方は個々の猫に依り、毛皮の状態に応じて異る。古き毛皮を有する猫は、毎日綿密に梳《くしけず》り、全く古き毛を除き去るにあらざれば、多くの場合円滑なる新陳代謝は行われ難きもの也。此れには稍《やや》硬きブラシを用い、時には櫛を用うるも可。但し一とたび古き毛の層を最底部より除きたる後は、柔軟なるブラシを用う。此の際注意深くせざれば誤って毛根を傷け、美しき毛の発生を妨ぐることあるべし。猫に依りては全然斯かる手数を要せず、単に両手の指を通して毛と総と尾とを梳けば充分なるものあり。猫の毛皮用のブラシと櫛とは、猫美容器具に於いて求めらるべし。毛を梳くことは皮膚の作用を旺盛にして、良好なる毛皮を発生せしむるに役立つのみならず、併せて有害なる寄生虫を駆除する効あり。此の目的のために梳き毛は凡《す》べて火に焼き捨て、ブラシは時々殺虫剤に浸すを良しとす。手を以て摩擦することも、或る種の犬に於けるが如く、短毛猫の場合に於いては有効なりとす。猫は適当に規則的に梳らざれば、体じゅうを舐め廻す時に古き毛を嚥下して、絶えず病気を引き起すもの也。

入浴法。——如何にして毛皮を清潔にすべき乎《か》。一般に猫の入浴はその取り扱い困難なるが、此れを別にするも毛皮に悪影響を及ぼし、感冒の危険があるが故に、往々好ましからざることあり。然れども尚或る場合には殆ど絶対に必要なることなきにあらず、依ってその方法を左に示すべし。

先《ま》ず多量の水を用意し、二箇の浴槽を備え付け、種々なる取り扱いに応ずるために一人の助手を要す。浴槽第一号、——水温九十度、一ギャロン毎に四分の一ポンドのフーラー粘土と任意量の黄色石鹸（サンライト石鹸最も可也。）を加え、此れを充分に混和す。さてその次ぎに為すべきことは、始めて入浴する猫に於いては甚だ困難にして、そは全身を完全に水に浸し、びっしょりと浸透せしむること也。此れを為すには只管《ひたすら》親切に、欺《だま》し賺《す》かすより外に道なし。頭部は最後に洗うべし。スポンジと柔かきブラシは必要なれども、手にて洗うを最も良しとす。シャボンをたっぷりと泡立てて、下部より始め、常に頸より尾の方向へ、真っ直ぐに上方より下方へ、堆積せる垢を洗い落すべし。毛の縺《もつ》れたる部分は石鹼水とフーラー粘土にて柔かに解くべし。此れを行うには約一時間を要するを以て、時々少量の湯を挿し加う。斯くて鼻孔より上方の顔を洗い、スポンジを以て耳を洗えば、完全に終る。

助手は此の間に浴槽第二号（なるべく大なるを可とす。）へ同じ温度の水を充分に湛《たた》う。さて両手を以てしっかりと猫を抱き、第一号浴槽に於いて彼女の体を上下に振り動かし、能う限りシャボンを漱《すす》ぎ去りたる後に始めて第二号浴槽に移し、此処にて更に残物を洗い流すべし。次ぎに柔かきタオルを以て、矢張り頸より尾の方向へ、上方より下方へ、拭えるだけ湿気を拭い、最後に動物を、適宜に藁を加えたる大いなるバスケットの中に閉じ籠む。猫は暖かき室内に於いて、毛皮が美しく乾燥するまで、数時間バスケットの中に在ることを要す。毛がパラパラに広がるまでは決して風にあてるべからず。若し入浴が必要なる時は、少くとも展覧会へ出場する四日以前に此れを行う。その四日間は毛皮が汚物に染まざるように、厳重なる監視の下に置くこと云う迄もなからん。

ドライ・クリーニング法。——大多数の愛猫家に取りては、猫を沐浴せしむることは禁物なりとす。斯かる場合には猫展覧会カタログの広告欄に散見するところの、有名なる店舗より発売するドライ・クリーニング・パウダーを用いて、沐浴よりも遥かに良好の結果を挙げ、毛皮の光沢を維持するを得ん。その用法は説明書に就いて見るべく、扱い方は沐浴に比べて頗《すこぶ》る容易なるもの也。読者自身にて此のパウダーを作らんと欲せば、熱き糠《ぬか》、焙《い》りたる麦粉、（此れに洗濯用青色粉末を加えたるもの。たとえば全身純白の猫に施して、毛皮を白くするに効あり。）或いはフーラー粘土等を用いて可也。此れらを指先にて毛皮に擦り込み、充分に垢を除去したる後にブラシを以て悉《ことごと》く粉末を払い落すべし。此の最後の仕上げは重要にして、万一粉末が残留する時は、翌日の展覧会にて失格すること論を俟《ま》たず。されば展覧会当日の朝、ブラシにて払いたる上を清潔なる白ハンカチーフを以て拭い、掌もしくは手袋を穿めたる手を以て摩擦することを勧告す。ギルダー漂白剤も亦甚だ有効なりとす。

彼は此の本を虎の巻にして、毎日暇に任せてはドリスを研《みが》き立てているのだが、こうして拾い読みをし始めると、猫の美容法も際限がない。或る場合には人間以上に面倒である。そうして西洋には足の専門家やたこや豆の専門家があるばかりでなく、猫の美容術師も居るのだと見える。現に此の中にあるフーラー粘土とか、駱駝の毛筆とか、猫の毛皮用のブラシとか、ドライ・クリーニング・パウダーなどは、「有名なる店舗」や「猫美容器具販売所」へ行けば、普通に売っているのであろう。此の本の表紙の裏にもそう云う広告が沢山出ている。猫の常用薬（コムプリート・キャット・キューアー）と云うのがある。猫の咳止め（コムプリート・キャット・カッフ・キューア）と云うのもある。その他コムプリート・キューラティヴ・キャット・クリーム、コムプリート・キャット・キャンカー・キューア、コムプリート・キャット・コム、……此れでは「クラシック」の広告も三舎を避ける。今に猫の整鼻器だの、最新式睫毛美化法だのが出来るかも知れない。……

猫

吉田知子

よしだ・ともこ（一九三四〜　）

静岡県生まれ。満洲で幼年時代を過し、終戦時は樺太の豊原に居住、一九四七年に引揚げ。著書に『無明長夜』（芥川賞）『お供え』（川端康成賞）など多数。

【初出】「早稲田文学」一九六九年五月

【底本】『生きものたち』（角川書店、一九七一年）

　おくめ婆さんは潰《つぶ》れていないほうの眼を一本の筋のように細く、そうっと開いて、障子の破れ目から外の緑を眺めた。それはお寺の槙《まき》の生垣に一本だけ混っている柊《ひいらぎ》だった。しかし、おくめ婆さんには槙も柊も同じことだった。白っぽいものと黒っぽいもの、動くものと動かないものの区別しかつかなかった。ひどい眼疾で右眼が潰れてしまったのは、もう二十年も前のことだった。それからずっと、おくめ婆さんは眼やにでふさがりかけている左眼を無理に見開いて生きてきた。別に不自由だとは思わなかった。十年前に死んだ連れあいの伊作も文句は言わなかった。気の弱い、おとなしい男で汁が少しぐらい鹹《から》くても、甘すぎても何も言わずに我慢して飲んでしまうようなたちだった。酒さえあれば他のことは全部どうでもいいと思っているらしかった。おくめ婆さんは若い頃、伊作が養子にきたときから、伊作が好きだった。伊作は背は低かったが眉の濃い男らしい顔だちで、貧農の末男だというのに少しも卑しいところがなかった。

おくめ婆さんは、ながい間、その柊の葉を眺めていて、やっと、どうやら今日は晴れらしい、と見極めをつけると、のろのろと起きあがって破れ蒲団を片付けた。片付けるといっても六畳一間だから隅へそのまま二重に、ぱたんと折る。それから戸を開けた。雨は降ってはいないが、濡れた空気が慕いよるように家の中へ入ってきた。おくめ婆さんの家は前も横もお寺の生垣に囲まれている。槙は三間ほどの高さまで伸びているから、晴れている日でも家の中へは少しも陽がささない。槙の向う側は手入れの悪い雑草だらけの墓地である。このへんの習慣で土葬だから新仏のあるときは火の玉がでる。埋め方も浅いので、よく死体の一部が露出する。一度、野良犬が男の頭をくわえていて大騒ぎになったこともある。その時に、半年がかりで犬退治をしたので、この頃は飼い犬さえも、あまりいない。犬を殺すよりは死体を深く埋めたほうがいいにきまっているのだが、そういうわけにはいかないのである。そう広くもない墓地は、もう百年も前からのもので、十年おきに四分の一ずつ場所を区切って埋めてきた。三十年たてば前の分は腐って土になってしまうという計算だった。人口が少ないうちは、それでよかったが、分家が五軒、十軒と増えて、彼らもこの墓地を使うようになり、四分の一ずつなどと言ってはいられなくなった。その上、最近の死体は腐り方が遅い。

だから、五尺も掘ると、もう前の死体がでてくる。この十何年か埋葬の度に皆は口々に「どうにかせにゃあ」と言いあうのだが、葬式が済むとすぐに忘れてしまっていた。

　おくめ婆さんは槙の枝のすいたところから墓地を眺めた。せいいっぱい、あおむいて顔を上へそらし、顎を突きだした恰好で見る。あいている片眼の下のほうの僅かな隙間から見るので、そうやらないと前方が見えない。人と話すときは多くは声で判断するが、それでも時々、そうやって、ひっくり返りそうに頭をそらす。

　婆さんは細いぼんやりした視野を、首の運動のように何度も頭を上げたり下げたり、左右へまわしたりして丹念に調べた。コマがそちらに行っているのではないかと捜した。コマというのは、薄ぼけた橙色の斑のある大きなよく肥った猫だ。婆さんは声をだしてコマを呼ぶことはできない。隣の家に聞こえると叱られる。猫を飼っているのがわかると生活保護を受けられなくなる。そうすると完全に婆さんは無収入になるから、親切心で叱るのである。夜とか雨の日に中へ入れてやっているだけで餌はやったことがないから飼っているのではないとおくめ婆さんは思うのだが、そんな理屈は通用しないという。婆さんは隣の家には大変世話になっている。数年前、彼らには、どちらでもよいはずのカドまで買ってくれた。カドというのは細い私道のことである。

婆さんの家は袋小路の奥で、村道へでるまでに小田木さんと隣家の伊藤さんの二軒の横を通る。その二軒分の地所は、もともと婆さんの家のものだった。伊作が養子にきたときは、その東側の、今は織屋の工場の建っているところまで婆さんの家の屋敷だった。それは現在全部、人のものになっている。織屋のほうは西に道があるからいいが、東側の家は一軒分だったところに三軒住んでいるのだから、どうしても奥の家は通路がいることになる。婆さんは、その通路である四尺幅の道だけは売らなかった。それは両家の囲いの外側だし、道などは売ったり買ったりするものではなかった。

　婆さんがカドを売ってしばらくしてから、近くの信平に逢うと、彼は「おくめさ、とうとうカドを売ったって、本当か。まさか、お前、いくらなんでもそこまではしめえと思っとったが」と言った。婆さんは信平の権幕《けんまく》に怯えて「へえ」と言ったきりだった。

「カドを売るなんてことはお前、もう、おしめえだってこんだ。わかってるだか。あとはもう住んでるとこだけだでよ」

　婆さんの住んでいるところは、昔の婆さんの家の農具小屋で、地所はとっくに隣の伊藤家のものになっていた。婆さんと同じ歳で小学校の同級だった信平は義憤にかられたように、道の真中で大きな声をだした。婆さんはしかたなく「えへへ」と笑った。

もうこれで、婆さんの名義の地所は一かけらもなくなったのだから、信平が言うより、もっと「おしめえ」だった。しかし、そのおかげで生活保護を受けられるようになったのだ。そういう手続きをしてくれたのも隣の家だった。主人は鉄道へ出ている人で、そんなひまも知識もないのに、自分のことのように熱心にやってくれた。婆さんの息子が戦争で死んでいなければ、その年頃のはずだが、婆さんは息子のことを思いだしはしなかった。死んだとわかったときに思いださないことに決めたのだった。

婆さんは、どうしても猫がみつからないので、また家の中へ入り、上りがまちに腰をおろした。もうじき田植えだなあ、と思った。田植えは一斉に始まるから農家は一人でも半分でも手助けがほしくなる。婆さんも毎年、苗取りを頼まれる。素人では苗をいためるし、苗田の中で中腰になったままで腰をおろすこともできない労働は若い人でもいやがる。植えるほうなら田を一枚植えてしまったあとは少し休みがあるし、人も大勢なので話しあったりして気を紛らすこともできるのだ。婆さんの苗取りは速かった。婆さんの取った苗は植えるときも植えよかった。太すぎも細すぎもしない、ちょうど左手いっぱいの分量で、三、四本ずつ抜きだしよいようにまとまっていた。下手な人がやると、一束の全部の根が一つにからまりついていて、三、四本抜こうとしても引っぱるたびに根がちぎれてしまうのである。今年は苗取りはできまい、とおくめ婆さんは思った。田植えは、もうすぐだし、今、おくめ婆さんはどことい って特に具合の悪いところはなかった。それでも、婆さんにはわかっていた。おそらく、今年は苗取りをしなくてもいいのだ。婆さんは七つか八つの頃から田に入り、田植えも苗取りも六十年間一年も欠かさずにやってきた。自分の田がなくなれば人の田に頼まれた。

苗を取るのは田植えの一日前が一番よい。三日もたった苗は三日苗といって根つきが悪い。だから先にやっておくこともできず、少し苗が足りないと思えば一人だけ早朝に苗代へでかけなければならない。田植のたびにそうだった。伊作と一緒になってからは、婆さんが四時起きして田へ出かけようとすると、伊作がいつもとめた。「まあ、いいで、のんびりせいや」と言った。伊作はおっとりした性分で、人の終った頃やり始める男だと蔭口をたたかれたものだった。早く死んだおくめ婆さんの両親も「まず、生ぬるい男だが」と、よく愚痴をこぼした。伊作は怒ったこともなかったし本気で走ったこともなかった。酒にだけ夢中だった。売る地所のあるうちは毎晩二升ずつも飲んだ。伊作が嬉しそうな満足げな笑顔になるのは、その時だけだった。おくめ婆さんは、その顔が見たいばかりに、売るものがなくなってからは葬式や婚礼の手伝いをして歩いた。村の人たちも、おくめ婆さんの目的をよく知っていた。折詰についている二合瓶や、まだ二、三合も残っている一升瓶が、おくめ婆さんのところに自然に集まった。

　おくめ婆さんは夕方になるまで上りがまちに小さく坐っていた。薄暗くなったので、あわてて七輪に火をおこして餅を煮はじめた。お寺の向う側の農家の若い嫁が持ってきてくれたのである。農家では夏でも毎月決まった日に餅をつく。十日餅とか二十日餅とかいっているが「この頃の子供は餅なんか食べんでねえ」と言って渡された餅の包みをあけてみると草餅かと思ったほど一面に黴《かび》ていた。婆さんは時間をかけて黴をしごきとり、道ばたにはえていた細い大根と一緒に煮た。それを食べているうちに次第に暗くなって、眼の悪い婆さんには何も見えなくなった。しかし、かまいはしなかった。鍋を洗うのも火の始末も手探りで充分だった。電燈は四十ワットのがついているが、ほとんどつけたことはない。猫を飼ってもいけないのだから電燈をつけるのもいけないだろうと婆さんは考えていた。

「コマか」とおくめ婆さんは今日初めての声をだした。姿は見えなくても匂いでわかった。もう鼻のきかなくなった婆さんにさえも匂うほどの悪臭だった。猫は小さな声で啼いた。図体は犬ほどもある大きな猫なのに声は小さかった。猫は満腹したときだけ婆さんの家に帰ってくる。悪臭の強いときは猫が墓地で食欲を満たしたときだ。婆さんだけがそのことを知っていた。「今日びは墓に野ねずみがふえて困る」と寺の和尚が墓地で誰かに話しているのが聞えたこともあった。「これじゃ仏も成仏できんよ。これからは火葬にしてもらわにゃ」——墓地には鼠などは一匹もいないのだ。

婆さんには、どうしようもないことだった。この半年、煮干さえも婆さんのところにはなかった。大助さんの孫の乳呑児がミルクのついた唇や頬を鼠にかじりとられて死んだのは、ついひと月前のことだ。それは本当は鼠ではないかも知れない。婆さんはいつの間にか猫が帰ってくると、猫の腹に触ってみる癖がついていた。いつでも猫の腹はふくらんでいた。

「まあいいさね」と婆さんは呟くと蒲団を敷き、猫と一緒に寝た。

猫町

萩原朔太郎

はぎわら・さくたろう（一八八六〜一九四二）
群馬県生まれ。室生犀星と「感情」を創刊。詩集『月に吠える』で独自の抒情世界を確立。ほか詩集に『青猫』『氷島』など。「猫町」は晩年の詩的短編。

【初出】「セルパン」一九三五年八月号

【底本】『萩原朔太郎全集 第五巻』（筑摩書房、一九七六年）

1

旅への誘いが、次第に私の空想《ロマン》から消えて行った。昔はただそれの表象、汽車や、汽船や、見知らぬ他国の町々やを、イメージするだけでも心が躍った。しかるに過去の経験は、旅が単なる「同一空間に於ける同一事物の移動」にすぎないことを教えてくれた。何処へ行って見ても、同じような人間ばかり住んで居り、同じような村や町やで、同じような単調な生活を繰り返して居る。田舎のどこの小さな町でも、商人は店先で算盤を弾きながら、終日白っぽい往来を見て暮して居るし、官吏は役所の中で煙草を吸い、昼飯の菜のことなど考えながら、来る日も来る日も同じように、味気ない単調な日を暮しながら、次第に年老いて行く人生を眺めて居る。旅への誘いは、私の疲労した心の影に、とある空地に生えた青桐みたいな、無限の退屈した風景を映像させ、どこでも同一性の方則が反覆している、人間生活への味気ない嫌厭を感じさせるばかりになった。私はもはや、どんな旅にも興味とロマンスを無くしてしまった。

久しい以前から、私は私自身の独特な方法による、不思議な旅行ばかりを続けていた。その私の旅行というのは、人が時空と因果の外に飛翔し得る唯一の瞬間、即ちあの夢と現実との境界線を巧みに利用し、主観の構成する自由な世界に遊ぶのである。と言ってしまえば、もはやこの上、私の秘密に就いて多く語る必要はないであろう。ただ私の場合は、用具や設備に面倒な手数がかかり、且つ日本で入手の困難な阿片の代りに、簡単な注射や服用ですむモルヒネ、コカインの類を多く用いたということだけを附記しておこう。そうした麻酔によるエクスタシイの夢の中で、私の旅行した国々のことについては、此所に詳しく述べる余裕がない。だがたいていの場合、私は蛙どもの群がってる沼沢地方や、極地に近く、ペンギン鳥の居る沿海地方などを彷徊した。それらの夢の景色の中では、すべての色彩が鮮やかな原色をして、海も、空も、硝子のように透明な真青だった。醒めての後にも、私はそのヴィジョンを記憶して居り、しばしば現実の世界の中で、異様の錯覚を起したりした。

　薬物によるこうした旅行は、だが私の健康をひどく害した。私は日々に憔悴し、血色が悪くなり、皮膚が老衰に澱んでしまった。私は自分の養生に注意し始めた。そして運動のための散歩の途上で、或る日偶然、私の風変りな旅行癖を満足させ得る、一つの新しい方法を発見した。私は医師の指定してくれた注意によって、毎日家から四、五十町（三十分から一時間位）の附近を散歩していた。その日もやはり何時も通りに、ふだんの散歩区域を歩いて居た。私の通る道筋は、いつも同じように決まって居た。だがその日に限って、ふと知らない横丁を通り抜けた。そしてすっかり道をまちがえ、方角を解らなくしてしまった。元来私は、磁石の方角を直覚する感官機能に、何かの著るしい欠陥をもった人間である。そのため道のおぼえが悪く、少し慣れない土地へ行くと、すぐ迷児になってしまった。その上私には、道を歩きながら瞑想に耽る癖があった。途中で知人に挨拶されても、少しも知らずに居る私は、時々自分の家のすぐ近所で迷児になり、人に道をきいて笑われたりする。かつて私は、長く住んで居た家の廻りを、塀に添うて何十回もぐるぐると廻り歩いたことがあった。方角観念の錯誤から、すぐ目の前にある門の入口が、どうしても見つからなかったのである。家人は私が、まさしく狐に化かされたのだと言った。狐に化かされるという状態は、つまり心理学者のいう三半規管の疾病であるのだろう。なぜなら学者の説によれば、方角を知覚する特殊の機能は、耳の中にある三半規管の作用だと言うことだから。

　余事はとにかく、私は道に迷って困惑しながら、当推量で見当をつけ、家の方へ帰ろうとして道を急いだ。そして樹木の多い郊外の屋敷町を、幾度かぐるぐる廻ったあとで、ふと或る賑やかな往来へ出た。それは全く、私の知らない何所かの美しい町であった。街路は清潔に掃除されて、鋪石がしっとりと露に濡れていた。どの商店も小綺麗にさっぱりして、磨いた硝子の飾窓には、様々の珍しい商品が並んでいた。珈琲店の軒には花樹が茂り、町に日蔭のある情趣を添えていた。四つ辻の赤いポストも美しく、煙草屋の店に居る娘さえも、杏のように明るくて可憐であった。かつて私は、こんな情趣の深い町を見たことが無かった。一体こんな町が、東京の何所にあったのだろう。私は地理を忘れてしまった。しかし時間の計算から、それが私の家の近所であること、徒歩で半時間位しか離れて居ないいつもの私の散歩区域、もしくはそのすぐ近い範囲にあることだけは、確実に疑いなく解って居た。しかもそんな近いところに、今迄少しも人に知れずに、どうしてこんな町が有ったのだろう？

　私は夢を見ているような気がした。それが現実の町ではなくって、幻燈の幕に映った、影絵の町のように思われた。だがその瞬間に、私の記憶と常識が回復した。気が付いて見れば、それは私のよく知ってる、近所の詰らない、有りふれた郊外の町なのである。いつものように、四ッ辻にポストが立って、煙草屋には胃病の娘が坐って居る。そして店々の飾窓には、いつもの流行おくれの商品が、埃っぽく欠伸《あくび》をして並んで居るし、珈琲店の軒には、田舎らしく造花のアーチが飾られて居る。何もかも、すべて私が知ってる通りの、いつもの退屈な町にすぎない。一瞬間の中に、すっかり印象が変ってしまった。そしてこの魔法のような不思議の変化は、単に私が道に迷って、方位を錯覚したことにだけ原因して居る。いつも町の南はずれにあるポストが、反対の入口である北に見えた。いつもは左側にある街路の町家が、逆に右側の方へ移ってしまった。そしてただこの変化が、すべての町を珍しく新しい物に見せたのだった。

　その時私は、未知の錯覚した町の中で、或る商店の看板を眺めて居た。その全く同じ看板の絵を、かつて何所かで見たことがあると思った。そして記憶が回復された一瞬時に、すべての方角が逆転した。すぐ今まで、左側にあった往来が右側になり、北に向って歩いた自分が、南に向って歩いて居ることを発見した。その瞬間、磁石の針がくるりと廻って、東西南北の空間地位が、すっかり逆に変ってしまった。同時に、すべての宇宙が変化し、現象する町の情趣が、全く別の物になってしまった。つまり前に見た不思議の町は、磁石を反対に裏返した、宇宙の逆空間に実在したのであった。

　この偶然の発見から、私は故意に方位を錯覚させて、しばしばこのミステリイの空間を旅行し廻った。特にまたこの旅行は、前に述べたような欠陥によって、私の目的に都合がよかった。だが普通の健全な方角知覚を持ってる人でも、時にはやはり私と同じく、こうした特殊の空間を、経験によって見たであろう。たとえば諸君は、夜おそく家に帰る汽車に乗ってる。始め停車場を出発した時、汽車はレールを真直に、東から西へ向って走って居る。だがしばらくする中に、諸君はうたた寝の夢から醒める。

そして汽車の進行する方角が、いつのまにか反対になり、西から東へと、逆に走ってることに気が付いてくる。諸君の理性は、決してそんな筈がないと思う。しかも知覚上の事実として、汽車はたしかに反対に、諸君の目的地から遠ざかって行く。そうした時、試みに窓から外を眺めて見給え。いつも見慣れた途中の駅や風景やが、すっかり珍しく変ってしまって、記憶の一片さえも浮ばないほど、全く別のちがった世界に見えるだろう。だが最後に到着し、いつものプラットホームに降りた時、始めて諸君は夢から醒め、現実の正しい方位を認識する。そして一旦それが解れば、始めに見た異常の景色や事物やは、何でもない平常通りの、見慣れた詰らない物に変ってしまう。つまり一つの同じ景色を、始めに諸君は裏側から見、後には平常の習慣通り、再度正面から見たのである。このように一つの物が、視線の方角を換えることで、二つの別々の面を持ってること。同じ一つの現象が、その隠された「秘密の裏側」を持ってるということほど、メタフィジックの神秘を包んだ問題はない。私は昔子供の時、壁にかけた額の絵を見て、いつも熱心に考え続けた。いったいこの額の景色の裏側には、どんな世界が秘密に隠されて居るのだろうと。私は幾度か額をはずし、油絵の裏側を覗いたりした。そしてこの子供の疑問は、大人になった今日でも、長く私の解きがたい謎になってる。

次に語る一つの話も、こうした私の謎に対して、或る解答を暗示する鍵になってる。読者にしてもし、私の不思議な物語からして、事物と現象の背後に隠れているところの、或る第四次元の世界——景色の裏側の実在性——を仮想し得るとせば、この物語の一切は真実《レアール》である。だが諸君にして、もしそれを仮想し得ないとするならば、私の現実に経験した次の事実も、所詮はモルヒネ中毒に中枢を冒された一詩人の、取りとめもないデカダンスの幻覚にしか過ぎないだろう。とにかく私は、勇気を奮って書いて見よう。ただ小説家でない私は、脚色や趣向によって、読者を興がらせる術を知らない。私の為し得ることは、ただ自分の経験した事実だけを、報告の記事に書くだけである。

2

その頃私は、北越地方のＫという温泉に滞留して居た。九月も末に近く、彼岸を過ぎた山の中では、もうすっかり秋の季節になって居た。都会から来た避暑客は、既に皆帰ってしまって、後には少しばかりの湯治客が、静かに病を養って居るのであった。秋の日影は次第に深く、旅館の侘しい中庭には、木々の落葉が散らばって居た。私はフランネルの着物をきて、ひとりで裏山などを散歩しながら、所在のない日々の日課をすごして居た。

私の居る温泉地から、少しばかり離れた所に、三つの小さな町があった。何れも町というよりは、村というほどの小さな部落であったけれども、その中の一つは相当に小ぢんまりした田舎町で、一通りの日常品も売って居るし、都会風の飲食店なども少しはあった。温泉地からそれらの町へは、何れも直通の道路があって、毎日定期の乗合馬車が往復して居た。特にその繁華なU町へは、小さな軽便鉄道が布設されて居た。私はしばしばその鉄道で、町へ出かけて行って買物をしたり、時にはまた、女の居る店で酒を飲んだりした。だが私の実の楽しみは、軽便鉄道に乗ることの途中にあった。その玩具のような可愛い汽車は、落葉樹の林や、谷間の見える山峡やを、うねうねと曲りながら走って行った。

或る日私は、軽便鉄道を途中で下車し、徒歩でU町の方へ歩いて行った。それは見晴しの好い峠の山道を、ひとりでゆっくり歩きたかったからであった。道は軌道《レール》に沿いながら、林の中の不規則な小径を通った。所々に秋草の花が咲き、赫土の肌が光り、伐られた樹木が横たわっていた。私は空に浮んだ雲を見ながら、この地方の山中に伝説している、古い口碑のことを考えていた。概して文化の程度が低く、原始民族のタブーと迷信に包まれているこの地方には、実際色々な伝説や口碑があり、今でも尚多数の人々は、真面目に信じて居るのである、現に私の宿の女中や、近所の村から湯治に来て居る人たちは、一種の恐怖と嫌悪の感情とで、私に様々のことを話してくれた。彼等の語るところによれば、或る部落の住民は犬神に憑かれて居り、或る部落の住民は猫神に憑かれて居る。犬神に憑かれたものは肉ばかりを食い、猫神に憑かれたものは魚ばかり食って生活して居る。

そうした特異な部落を称して、この辺の人々は「憑き村」と呼び、一切の交際を避けて忌み嫌った。「憑き村」の人々は、年に一度、月の無い闇夜を選んで祭礼をする。その祭の様子は、彼等以外の普通の人には全く見えない。稀れに見て来た人があっても、なぜか口をつぐんで話をしない。彼等は特殊の魔力を有し、所因の解らぬ莫大の財産を隠して居る。等々。

こうした話を聞かせた後で、人々はまた追加して言った。現にこの種の部落の一つは、つい最近まで、この温泉場の附近にあった。今では流石《さすが》に解消して、住民は何所かへ散ってしまったけれども、おそらくやはり、何所かで秘密の集団生活を続けて居るにちがいない。その疑いない証拠として、現に彼等のオクラ（魔神の正体）を見たという人があると。こうした人々の談話の中には、農民一流の頑迷さが主張づけられて居た。否でも応でも、彼等は自己の迷信的恐怖と実在性とを、私に強制しようとするのであった。だが私は、別のちがった興味でもって、人々の話を面白く傾聴して居た。日本の諸国にあるこの種の部落的タブーは、おそらく風俗習慣を異にした外国の移住民や帰化人やを、先祖の氏神にもつ者の子孫であろう。或は多分、もっと確実な推測として、切支丹宗徒の隠れた集合的部落であったのだろう。しかし宇宙の間には、人間の知らない数々の秘密がある。ホレーシオが言うように、理智は何事をも知りはしない。理智はすべてを常識化し、神話に通俗の解説をする。しかも宇宙の隠れた意味は、常に通俗以上である。だからすべての哲学者は、彼等の窮理の最後に来て、いつも詩人の前に兜を脱いでる。詩人の直覚する超常識の宇宙だけが、真のメタフィジックの実在なのだ。

　こうした思惟に耽りながら、私はひとり秋の山道を歩いていた。その細い山道は、径路に沿うて林の奥へ消えて行った。目的地への道標として、私が唯一のたよりにしていた汽車の軌道《レール》は、もはや何所にも見えなくなった。私は道を無くしたのだ。

「迷い子！」

　瞑想から醒めた時に、私の心に浮んだのは、この心細い言葉であった。私は急に不安になり、道を探そうとしてあわて出した。私は後へ引返して、逆に最初の道へ戻ろうとした。そして一層地理を失い、多岐に別れた迷路の中へ、ぬきさしならず入ってしまった。山は次第に深くなり、小径は荊棘《いばら》の中に消えてしまった。空しい時間が経過して行き、一人の樵夫にも逢わなかった。私はだんだん不安になり、犬のように焦燥しながら、道を嗅ぎ出そうとして歩き廻った。そして最後に、漸く人馬の足跡のはっきりついた、一つの細い山道を発見した。私はその足跡に注意しながら、次第に麓の方へ下って行った。どっちの麓へ降りようとも、人家のある所へ着きさえすれば、とにかく安心ができるのである。

幾時間かの後、私は麓へ到着した。そして全く、思いがけない意外の人間世界を発見した。そこには貧しい農家の代りに、繁華な美しい町があった。かつて私の或る知人が、シベリヤ鉄道の旅行について話したことは、あの満目荒寥たる無人の曠野を、汽車で幾日も幾日も走った後、漸く停車した沿線の一小駅が、世にも賑わしく繁華な都会に見えるということだった。私の場合の印象もまた、おそらくはそれに類した驚きだった。麓の低い平地へかけて、無数の建築の家屋が並び、塔や高楼が日に輝やいて居た。こんな辺鄙な山の中に、こんな立派な大都会が存在しようとは、容易に信じられないほどであった。

私は幻燈を見るような思いをしながら、次第に町の方へ近付いて行った。そして到頭、自分でその幻燈の中へ這入って行った。私は町の或る狭い横丁から、胎内めぐりのような路を通って、繁華な大通の中央へ出た。そこで目に映じた市街の印象は、非常に特殊な珍しいものであった。すべての軒並の商店や建築物は、美術的に変った風情で意匠され、且つ町全体としての集合美を構成していた。しかもそれは意識的にしたのでなく、偶然の結果からして、年代の錆がついて出来てるのだった。それは古雅で奥床しく、町の古い過去の歴史と、住民の長い記憶を物語って居た。町幅は概して狭く、大通でさえも、漸く二、三間位であった。その他の小路は、軒と軒との間にはさまれていて、狭く入混んだ路地になってた。それは迷路のように曲折しながら、石畳のある坂を下に降りたり、二階の張り出した出窓の影で、暗く隧道《トンネル》になった路をくぐったりした。南国の町のように、所々に茂った花樹が生え、その附近には井戸があった。至るところに日影が深く、町全体が青樹の蔭のようにしっとりして居た。娼家らしい家が並んで、中庭のある奥の方から、閑雅な音楽の音が聴えて来た。

大通の街路の方には、硝子窓のある洋風の家が多かった。理髪店の軒先には、紅白の丸い棒が突き出してあり、ペンキの看板に Barbershop と書いてあった。旅館もあるし、洗濯屋もあった。町の四辻に写真屋があり、その気象台のような硝子の家屋に、秋の日の青空が侘しげに映って居た。時計屋の店先には、眼鏡をかけた主人が坐って、黙って熱心に仕事をして居た。

街は人出で賑やかに雑閙《ざっとう》して居た。そのくせ少しも物音がなく、閑雅にひっそりと静まりかえって、深い眠りのような影を曳いてた。それは歩行する人以外に、物音のする車馬の類が、一つも通行しない為であった。だがそればかりでなく、群集そのものがまた静かであった。男も女も、皆上品で慎み深く、典雅でおっとりとした様子をして居た。特に女は美しく、淑やかな上にコケチッシュであった。店で買物をして居る人たちも、往来で立話をしている人たちも、皆が行儀よく、諧調のとれた低い静かな声で話をして居た。それらの話や会話は、耳の聴覚で聞くよりは、何かの或る柔らかい触覚で、手触りに意味を探るというような趣きだった。とりわけ女の人の声には、どこか皮膚の表面を撫でるような、甘美でうっとりとした魅力があった。すべての物象と人物とが、影のように往来して居た。

私が始めて気付いたことは、こうした町全体のアトモスフィアが、非常に繊細な注意によって、人為的に構成されて居ることだった。単に建物ばかりでなく、町の気分を構成するところの全神経が、或る重要な美学的意匠にのみ集中されて居た。空気のいささかな動揺にも、対比、均斉、調和、平衡等の美的方則を破らないよう、注意が隅々まで行き渡って居た。しかもその美的方則の構成には、非常に複雑な微分数的計算を要するので、あらゆる町の神経が、異常に緊張して戦《おのの》いて居た。例えば一寸した調子はずれの高い言葉も、調和を破る為に禁じられる。道を歩く時にも、手を一つ動かす時にも、物を飲食する時にも、考えごとをする時にも、着物の柄を選ぶ時にも、常に町の空気と調和し、周囲との対比や均斉を失わないよう、デリケートな注意をせねばならない。町全体が一つの薄い玻璃で構成されてる、危険な毀れ易い建物みたいであった、一寸したバランスを失っても、家全体が崩壊して、硝子が粉々に砕けてしまう。それの安定を保つ為には、微妙な数理によって組み建てられた、支柱の一つ一つが必要であり、それの対比と均斉とで、辛うじて支えて居るのであった。しかも恐ろしいことには、それがこの町の構造されてる、真の現実的な事実であった。一つの不注意な失策も、彼等の崩壊と死滅を意味する。町全体の神経は、そのことの危懼《きく》と恐怖で張りきって居た。美学的に見えた町の意匠は、単なる趣味のための意匠でなく、もっと恐ろしい切実の問題を隠して居たのだ。

始めてこのことに気が付いてから、私は急に不安になり、周囲の充電した空気の中で、神経の張りきってる苦痛を感じた。町の特殊な美しさも、静かな夢のような閑寂さも、却ってひっそりと気味が悪く、何かの恐ろしい秘密の中で、暗号を交しているように感じられた。何事かわからない、或る漠然とした一つの予感が、青ざめた恐怖の色で、忙がしく私の心の中を馳け廻った。すべての感覚が解放され、物の微細な色、匂い、音、味、意味までが、すっかり確実に知覚された。あたりの空気には、死屍のような臭気が充満して、気圧が刻々に嵩まって行った。此所に現象しているものは、確かに何かの凶兆である。確かに今、何事かの非常が起る！　起るにちがいない！

町には何の変化もなかった。往来は相変らず雑鬧して、静かに音もなく、典雅な人々が歩いて居た。どこかで遠く、胡弓をこするような低い音が、悲しく連続して聴えて居た。それは大地震の来る一瞬前に、平常と少しも変らない町の様子を、どこかで一人が、不思議に怪しみながら見て居るような、おそろしい不安を内容した予感であった。今、ちょっとしたはずみで一人が倒れる。そして構成された調和が破れ、町全体が混乱の中に陥入ってしまう。

私は悪夢の中で夢を意識し、目ざめようとして努力しながら、必死に踠《もが》いている人のように、おそろしい予感の中で焦燥した。空は透明に青く澄んで、充電した空気の密度は、いよいよ刻々に嵩まって来た。建物は不安に歪んで、病気のように瘠せ細って来た。所々に塔のような物が見え出して来た。屋根も異様に細長く、瘠せた鶏の脚みたいに、へんに骨ばって畸形に見えた。

「今だ！」

と恐怖に胸を動悸しながら、思わず私が叫んだ時、或る小さな、黒い、鼠のような動物が、街の真中を走って行った。私の眼には、それが実によくはっきりと映像された。何か知ら、そこには或る異常な、唐突な、全体の調和を破るような印象が感じられた。

瞬間。万象が急に静止し、底の知れない沈黙が横たわった。何事かわからなかった。だが次の瞬間には、何人《なんぴと》にも想像されない、世にも奇怪な、恐ろしい異変事が現象した。見れば町の街路に充満して、猫の大集団がうようよと歩いて居るのだ。猫、猫、猫、猫、猫、猫。どこを見ても猫ばかりだ。そして家々の窓口からは、髭の生えた猫の顔が、額縁の中の絵のようにして、大きく浮き出して現れて居た。

戦慄から、私は殆んど息が止まり、正に昏倒するところであった。これは人間の住む世界でなくて、猫ばかり住んでる町ではないのか。一体どうしたと言うのだろう。こんな現象が信じられるものか。たしかに今、私の頭脳はどうかして居る。自分は幻影を見て居るのだ。さもなければ狂気したのだ。私自身の宇宙が、意識のバランスを失って崩壊したのだ。

私は自分が怖くなった。或る恐ろしい最後の破滅が、すぐ近い所まで、自分に迫って来るのを強く感じた。戦慄が闇を走った。だが次の瞬間、私は意識を回復した。静かに心を落付ながら、私は今一度目をひらいて、事実の真相を眺め返した。その時もはや、あの不可解な猫の姿は、私の視覚から消えてしまった。町には何の異常もなく、窓はがらんとして口を開けていた。往来には何事もなく、退屈の道路が白っちゃけていた。猫のようなものの姿は、どこにも影さえ見えなかった。そしてすっかり情態が一変していた。町には平凡な商家が並び、どこの田舎にも見かけるような、疲れた埃っぽい人たちが、白昼の乾いた街を歩いていた。あの蠱惑的な不思議な町はどこかまるで消えてしまって、骨牌の裏を返したように、すっかり別の世界が現れていた。此所に現実している物は、普通の平凡な田舎町。しかも私のよく知っている、いつものU町の姿ではないか。そこにはいつもの理髪店が、客の来ない椅子を並べて、白昼の往来を眺めて居るし、さびれた町の左側には、売れない時計屋が欠伸をして、いつものように戸を閉めて居る。すべては私が知ってる通りの、いつもの通りに変化のない、田舎の単調な町である。

　意識が此所まではっきりした時、私は一切のことを了解した。愚かにも私は、また例の知覚の疾病「三半規管の喪失」にかかったのである。山で道を迷った時から、私はもはや方位の観念を失喪して居た。私は反対の方へ降りたつもりで、逆にまたU町へ戻って来たのだ。しかもいつも下車する停車場とは、全くちがった方角から、町の中心へ迷い込んだ。そこで私はすべての印象を反対に、磁石のあべこべの地位で眺め、上下四方前後左右の逆転した、第四次元の別の宇宙（景色の裏側）を見たのであった。つまり通俗の常識で解説すれば、私は所謂「狐に化かされた」のであった。

3

私の物語は此所で終る。だが私の不思議な疑問は、此所から新しく始まって来る。支那の哲人荘子は、かつて夢に胡蝶となり、醒めて自ら怪しみ言った。夢の胡蝶が自分であるか、今の自分が自分であるかと。この一つの古い謎は、千古に亙《わた》ってだれも解けない。錯覚された宇宙は、狐に化かされた人が見るのか。理智の常識する目が見るのか。そもそも形而上の実在世界は、景色の裏側にあるのか表にあるのか。だれもまた、おそらくこの謎を解答できない。だがしかし、今も尚私の記憶に残って居るものは、あの不可思議な人外の町。窓にも、軒にも、往来にも、猫の姿がありありと映像して居た、あの奇怪な猫町の光景である。私の生きた知覚は、既に十数年を経た今日でさえも、尚その恐ろしい印象を再現して、まざまざとすぐ眼の前に、はっきり見ることができるのである。

人は私の物語を冷笑して、詩人の病的な錯覚であり、愚にもつかない妄想の幻影だと言う。だが私は、たしかに猫ばかりの住んでる町、猫が人間の姿をして、街路に群集して居る街を見たのである。理窟や議論はどうにもあれ、宇宙の或る何所かで、私がそれを「見た」ということほど、私にとって絶対不惑の事実はない。あらゆる多くの人々の、あらゆる嘲笑の前に立って、私は今も尚固く心に信じて居る。あの裏日本の伝説が口碑している特殊な部落。猫の精霊ばかりの住んでる町が、確かに宇宙の或る何所かに、必らず実在して居るにちがいないということを。

猫踏んじゃった

吉行淳之介

よしゆき・じゅんのすけ（一九二四～九四）

岡山県生まれ。「第三の新人」。繊細な感覚と乾いた文体で性の深淵を描く。著書に『驟雨』（芥川賞）『暗室』（谷崎潤一郎賞）『夕暮れまで』（野間文芸賞）ほか多数。

【初出】「小説新潮」一九六五年一月号

【底本】『吉行淳之介全集 第三巻』（新潮社、一九九七年）

夏の盛りの日曜日の午後だったが、めずらしく乾いた暑さだった。三上宗一の家の前は広い坂道だが、舗装された坂の面が日光を照り返して、白く光るようにみえた。

玄関の前に、砂利を敷いた庭がある。その地面に置いてある車のドアを開くと、熱い空気が流れ出して顔に当った。日光を十分に吸いこんでいる車は、パン焼き窯《がま》のようになっている。運転席に坐り、ギヤをバックに入れ、ゆっくりと車を後退させはじめた。木の門を、車の尻の方から出ようとしている。

坂道と門との間は歩道になっているので、首をうしろに廻し、歩行者に注意しながら、這うような速度で動かしてゆく。

視界には、人影も車の影も無い筈だった。白い坂道が光っている。うしろの車輪が、歩道の端を車道へ降りた。十センチほどの高さを落ちる感じ、あるかないかの軽い感じが伝わってきた。

それはいつも馴染んでいる感じなのだが、そのとき、かすかな別の感じが絡まったように思えた。その瞬間、うしろの窓ガラスの外に不意にあらわれた人影が大きく揺れて、消えた。ハンド・ブレーキを一杯に引いて、彼は車から飛び降りた。

四角い大きな箱を荷台に積んだ自転車が横倒しになり、その傍に若い男が倒れていた。色の浅黒い、むこう意気の強そうな顔である。

走り寄ってその男を抱き起しながら、彼は罵りの言葉を浴びせられるのを待った。

「しかし、違う」

一方、心の隅でそうおもった。彼の車がその自転車を押倒したのではない、とおもったのだ。

「大丈夫ですか」

声に出してそう言うと、彼の両腕の中の男の軀の力が脱け、重たくもたれかかる形になった。しかし、それは一瞬のことで、すぐに男の軀に力が戻ってきた。彼は男の浅黒い額に、びっしり並んでいる汗の粒を見た。その汗は異様であったが、さらに異様なものの気配を、相手の顔を覗きこんでいる彼の視線の端に感じた。

彼は視線を、坂道の上に移した。

男の軀が倒れていたすぐ傍の地面を、湿った、ぬるぬるした、粘液質のうねうねしたものが覆っていた。咄嗟には、それが何か分らなかった。暗い、重たい、湿った色で、日常の生活では見馴れぬ色である。普段は軀の奥深く蔵《しま》いこんでおくものが、そこに置かれてあった。

勢よく、ぶちまけたようでもあり、ごそっとそこに置いたようでもあった。

猫の内臓が、漿液と一しょに、乾いた地面の上に大きく拡がっていたのだ。それが猫であることは、濡れた拡がりの横に、猫の顔が転がっていたことで分った。その顔は、坂道の上の内臓の面積にくらべて、ひどく小さくみえた。ちょこんと、そこに置かれていた。

「いったい、何が起ったのだ」

彼は、男の額と、地面の濡れたひろがりを見くらべた。

そのとき、男はゆっくりと立上った。

「大丈夫ですか」

もう一度、彼は言い、男は黙って彼を見た。その視線は、焦点が合っていない。しかし、男はゆっくり頷くと、倒れている自転車を引起した。

彼を咎める言葉は、男の口から出てこない。怯えたような眼を、ちらと坂道の上に向け、自転車を押して歩き出した。上り坂である。男の背がしだいに遠ざかってゆく。

男を抱え起したときから、きわめて短かい時間しか経っていない。しかし、一つ一つの動きが、スローモーション・カメラに映し出された影像のように、彼には感じられた。

男の背が遠ざかりはじめた頃、ようやく彼には事態が飲みこめた。車輪が歩道から車道に落ちたとき、そこに猫がいたのだろう。ゴムの膜につつんだ羊羹があるが、そのゴムの玉を掌にくるんで、ぐっと力をこめると、中身が勢よく弾け出る。そのように、不意に大きな力を加えられた内臓が、逃げ場を失って、腹の皮を破って、そっくり外へ出てしまった……。

その瞬間を、あの男は見てしまったのだろうか。

やはり、彼の車は、男の自転車を押倒しはしなかったのだろう。坂道を、強くペダルを踏んで前のめりになって上ってきた男の眼の前に、不意に拡がった光景が、男を倒したのだろう。

あの男の顔にも、途方に暮れたような、突然の光景が納得できないような表情があったのを、彼は思い浮べた。

それにしても、なぜあの敏捷な小動物が、ゆっくり迫ってくる車輪の下で凝っとしていたのだろう。

彼は、地面をあらためて見下ろした。なまなましく濡れ、粘って、その地面は生きているようだった。途方に暮れた気持になった。理不尽な事柄を、不意に押付けられた心持にもなった。

呼んだときには来ないで、呼ばないときにやってくる。

猫について、ある詩人が言った言葉を思い浮べ、ふてぶてしく居直る気持も動いた。いずれにせよ、丁寧に死骸を片付けるつもりはなかった。だいいち、それは死骸ではない。何か別の異様なものだ。だがそれが何なのかは、分らない。

「逃げよう」

そうおもった。

盗み見するように、周囲を見た。幾つかの眼が、彼の方を眺めているようにおもえた。その眼の方に歩み寄って、

「何を見たのか」

と、訪ねてみたい気持も動いた。

しかし、「逃げよう」と、もう一度おもった。

車に戻り、坂道を上り、走り去った。そして何時間か後、彼は戻ってきた。犯罪者は一度は現場に戻ってくる、という言葉があるが、彼の場合、その場所を通らなければ、自分の家へ入れない。

坂道は、白く乾いていた。しかし、前と違って、光っている坂の面に黒い部分ができていた。その部分も乾いてはいたが、黒く陰っていた。猫は、いくつかの小さな肉の切れ端になって、平たく舗装路にへばりついていた。

誰かの手が片付けたわけではない。坂道を登る沢山の車の車輪が、後始末の道具となっていた。内臓におおわれていた地面には、うすい汚染《しみ》のような痕が残っているだけだった。

何年かの月日が過ぎた。

真夏の坂道の記憶が、時折、三上宗一の心に浮び上ってくることがある。

その記憶の厭な部分は、無意識のうちに捨て去ってゆくものとみえて、しだいにその範囲が狭くなってゆく。

白く光る真夏の坂道。

堅く、乾いた舗装路の上に、不意に何者かの手で置かれたような、猫の内臓。いま、腹腔の中から取出した、まだ生きている腸に、強い日射しが照りつけている……。蝿がたかる暇もない、たった今、取出されたばかりの新鮮なはらわたである。

不意に立上って、走り出したい気持に彼は捉えられる。走り出した瞬間、自分の軀の中に膨れ上るものを感じるだろうか、と彼は考えてみる。膨れ上るもの、生命の輝きに似たもの……、いや走り出して間もなく、消し去った筈の厭な部分がからまりついてきそうな予感がある。そうなれば、意味のない叫び声を上げながら、しばらく走りつづけなくてはならないだろう。

呼ばない部分が、やってくる。

懸命に、逃げている姿勢に、変化してしまう。

　しかし、実際には、その記憶が何の前触れもなく彼の心に浮び上ってくるように、浮んだあとも彼の日常に変化はない。前の日と同じ日が過ぎてゆく。危険な記憶だが、その危険さを懐しむようなところが、彼にはあった。

　ある夜、三上宗一は友人と夜の街を歩いていた。

「どうしよう」

「酒でも飲むか」

「バーへ行くのか」

「バーはつまらないな」

「それではどうする」

「仕方がない、バーへ行こう」

「そうだ、駒鳥へ行こう」

と、友人がいくぶん意地の悪い顔つきをみせて、酒場の名をあげた。三上とみさ子のことを知っているのである。三上とみさ子が特別な関係を結んでいるのではない。三上はみさ子に執心なのだが、いつも手痛く拒否されている。

「駒鳥か」

と、三上は苦笑した。

「べつに、惚れているわけじゃないんだろう」

友人が訊ねる。

「それは、そうだが」

「それなら、構わないじゃないか。どうということもない。惚れないで、どうということがありたいとおもうのは、虫が良すぎる」

「それもそうだ」

三上があっさり賛成したので、友人は違う言い方をしはじめた。相手をちくちく刺そうとおもっているのに、素直に相槌を打たれるのはつまらない。

「しかし、惚れるというのは、どういうことなのかね」

「どういうことかな」

「内臓がぐうっと、こう、咽喉のほうへ上ってくるような気持かね」

「そういえば、そうか」

「しかし、長いあいだ禁欲したあとで、女と向い合うと、それとそっくりの気持になるのじゃないか」

「そうか、そうだな」

「頼りないね、みさ子に会うと、内臓が上ってくるかね」

「…………」

「しかし、惚れないと許さない、という女でもないという話だよ。みさ子のアパートの部屋に行ったという男の話を聞いた。部屋中ひっちゃちゃちらかしてあるそうだ」

「ひっちゃちゃちらかす……」

「ひきちらかす、と言ったのでは、足りないくらいなんだそうだ。部屋全体が大きなゴミ箱のようになってしまって、その中でごろごろしているそうだ。店では身綺麗にしている女だけに、その話を聞いたら、変な魅力を感じたよ」

「その部屋に行ったという男は、君のことじゃないのか」

「おや、惚れているのか」

「惚れていなくても、嫉妬はできる。要するに自尊心の問題だ」

「ともかく、駒鳥へ行こう」

と、友人が言った。

バー駒鳥では、みさ子が珍しく酔っていた。眼の底が、暗くギラギラ光っている。浅黒い肌に、赤い色が滲みこんで、それが官能的である。

「酔っているな」

と、三上が言った。

「そうかしら」

「顔が赤いよ」

「そう、酔っぱらっちゃったの。あたし、酔うと、軀のどこからどこまで、みんな赤くなってしまうの」

その言葉が、なまなましく、刺戟してくる。スタンドの背の高い椅子に坐っている彼のうしろから、軀を押しつけてくるので、胸のふくらみが肘に当る。

「熱いわ」

二つの掌を、両側から自分の頰に押当て、上目遣いに彼を見詰める。暗い光に、揶揄する光が混り、唇がしだいに左右にひろがって、笑い顔になる。唆《そそ》る笑いであり、唇はどこまでもひろがってゆき、左右に深く、耳まで切れ上ったようにみえた。

猫に似ている、とおもう。

また、胸が彼の肘に当る。押当てられて、ぐりぐりと動く。

呼ばないときにはやってきて、呼んだときには知らん顔、それは猫と女だ。

そのとき、三上と友人との間の椅子に坐っていた女が、顔を振向けてみさ子に言った。

「猫の仔、渡しなさいよ。嘘言っちゃ駄目よ」

みさ子はそれに答えず、背中から三上の胴に腕を巻きつけて、言う。

「お店が終ったら、一しょに遊びましょうよ」

「あんた、猫の仔を渡すのよ。いいね、本当ね」

乱暴な言葉になり、眼が鋭く真剣になった。平素、温和《おとな》しい女だけに、その変化がやや異様である。みさ子は、ちらとその女の顔を見返し、黙って頷きながら、三上の躯を揺すぶって言う。

「一しょに遊びましょうよ」

隣の女が、もう一度言う。

「分ったわね。貰ってあげるんだからね」

みさ子はその声を聞くと、にわかに静かになり、黙って頷く。

「猫が、どうしたって」

と、三上は言った。二人の女の会話には、その中に出てくる猫が動物の猫ではないようにおもわせる気配があった。

「猫の仔を産んだのか」

「………」

猫のことになると、みさ子は黙っている。

無関心な、投げやりな様子にもみえる。

「きみが、猫の仔を産んだのか」

「なんで、あたしが……」

一瞬、きっとなって問い返した。暗い眼の底に、憤りの光が浮んだ。

「どうして怒るんだ」

「べつに怒ってなんかいないけど」

隣の女が、にわかに声を上げて歌い出した。三上とみさ子とのあいだに、わだかまった空気を解きほぐそうとするかのように。それにしても、なぜこんな話題で、わだかまりができるのだろうか。

「猫産んじゃった、猫うんじゃった……」

と、隣の女が歌い、やがてみさ子もそれに声を合せた。猫うんじゃった、猫うんじゃった、猫うんじゃった。その声は、同じ文句を際限なく繰返してゆく。歌いながら、みさ子は三上の胴にふたたび腕を絡ませ、はげしく揺すぶると、

「一しょに遊びましょう」

「どこで」

「あたしのアパートにいらっしゃい」

「アパートか」

短かい間、三上は黙って、口を開いたときには別のことを言った。

「本当は、その文句は、猫死んじゃった、というのだろう」

「そうよ、猫死んじゃった、猫死んじゃった」

と、隣の女は言葉を替え、歌いつづける。

「もうやめろよ。それ、バイエルの曲につけた文句かな」

「バイエルよりも、もっと易しい曲よ。ドレミファよりも、もっと易しい……」

ドレミファソラシド。

どらねこそらきた。

「あら、矢鱈に、猫が出てくるわね」

そのとき、友人が言った。

「猫死んじゃった、とも言うが、猫踏んじゃった、とも言うね。子供のマンガ本では、みんな、猫ふんじゃった、となっているよ」

猫踏んじゃった、猫死んじゃった、か……。と、このときはじめて、三上の頭の中に、あの真夏の坂道の記憶が浮んできた。それは久しぶりのことだった。一たい、あの小事件は自分にとって何だったのか。

「マンガ本……、どういうときに、その文句を使うのだろう」

三上は、友人に訊ねてみた。

「誤魔化すときにだね」

「誤魔化すだって、どういうことだろう」

「つまり……、何と言ったらよいかな。そう、ポポイのポイポイ、なんて言って、誤魔化すことがあるだろう。あれだよ」

「ポポイのポイポイ、か」

「猫を間違って踏んづけてしまう。ゴロニャンニャンと鳴き立てて、陽気な大騒ぎになるわけだ。とすると、やはり猫死んじゃった、よりも、踏んじゃった、の方が本当のようだな」

猫の柔軟な軀を足で踏みつけても、けっして死にはしない。自転車のタイヤで踏みつければ、話は別だが、と三上が考えているとき、友人の声がした。

「君は閉店までいるのだろう。ぼくは一足先に帰るよ」

ようやく閉店の時刻がきた。

そのとき、みさ子が大きな声で、店の女たちに呼びかけた。

「みんな、あたしのアパートにいらっしゃいよ。明日は日曜日だもの、愉快に騒ぎましょう。ご馳走の係は、三上さんが引受けてくれるわ」

これから、真夏の坂道の記憶が浮ぶときには、かならずこの夜の記憶とからまることになる、と三上は考えていた。それが何であったか分らぬうちに、その記憶は汚れてしまった。乾いた坂道が白く光っても、もう何の意味も持ちはしない。

黙って自転車を引起し、押しながら遠ざかってゆく男の背中を、三上は思い浮べていた。黙って、このまま逃げるように立去ってしまおうか。それにしても、あのときの男の心には、まったく別の、強烈な心持があったに違いない。

一時間後、三上は五、六人の女たちと、みさ子のアパートの部屋にいた。深夜営業の食料品屋で買出した品物が、食卓に積み上げられていた。

「それにしても、この部屋はずいぶん整頓されているね」

「あら、みさ子さんの前のアパートに行ったことがあるのね」

女たちの一人が言う。

「前のだって」

「知らなかったの、引越したばかりよ。いくらみさ子でも、まだ散らかす暇もないくらいよ」

「引越したばかりか」

と三上が呟くと、みさ子は挑むように言う。陰気な眼になった。

「それがどうしたって言うの」

「え、何が」

なぜみさ子が挑む口調になったか、よく分らない。

猫死んじゃった、
猫死んじゃった。

酔った女たちの合唱がはじまった。

ネコロマンチシズム

内田百閒

うちだ・ひゃっけん（一八八九～一九七一）
岡山県生まれ。漱石門下。『冥途』など超現実的小説や、独特の個性ある随筆で知られる。「ノラや」はじめ愛猫への追慕を綴った作品も多い。
【初出】「小説新潮」一九六二年五月
【底本】『ノラや』（中公文庫、一九九七年）

文芸上の自然主義の後に唱えられた新浪曼主義、ネオロマンチシズムは、墺太利《オーストリヤ》のフーゴー・フォン・ホフマンシュタールや白耳義《ベルギー》のメーテルリンク等によって若かった私共に随分影響を与えた。漱石先生のまだお達者な当時で、木曜日の晩の漱石山房の席上、ネオロマンチシズムがしばしばみんなの間に言議せられた。鈴木三重吉さんは先生の「猫」に当てこすって、ネオロマンチシズムをいつもネコロマンチシズムと云った。

ふとその古い洒落を思い出したので、この稿の文題に擬する。

一

三月二十七日がもう近い。

五年前の三月二十七日の午後、家の猫のノラが木賊《とくさ》の茂みを抜けて、庭を渡ってどこかへ行ったきり、帰って来なくなったあの当時の事を思い出す。思い出すのは苦しい。成る可く触れたくないが、しかしその日が近くなれば矢張り思い出す。

そもそも昭和が三十年を越してから、私の身の上にろくな事はない。三十一年の初夏、梅雨空の東海道刈谷駅で宮城道雄がなくなった。惜しい人を死なせたとか、天才を失ったとか、そんな事でなく、私にはじっとしていられない程つらい、堪えられない事であった。

翌三十二年の春、ノラがどこかへ行ってしまった。家にいる間、可愛がってはいたけれど、いなくなったらこれ程可哀想な思いをしなければならぬとは知らなかった。その晩帰って来ないので、ろくろく眠られない程心配して一夜を明かしたが、その日の夕方から雨になり、夜に入ってからはひどい土砂降りで、烈しいしぶきの為にお勝手の戸を開ける事も出来なかった。

その晩の大雨でノラは帰って来る道を失ったのだろう。迷った挙げ句にどこかへまぎれ込み、家に帰れなくなったのかと思うと可哀想で堪らない。

そうしてその翌年の三十三年秋には、家内が大病で入院した。幸いになおったけれどその間の心配は筆舌に尽くし難い。つまり連続三年間、一生の悲哀と苦痛を煎じ出して嘗めさせられた様な目を見た。

二

行方がわからなくなったノラを探し出す為に、いろいろ手を尽くした。

先ず初めに新聞の案内広告欄に、猫探しの広告を出した。

反響があったと云うのか、実にいろんな方面から心当たりを知らせてくれた。その中には随分遠方からの便りもある。

手掛かりを得る為に、無駄ではなかった様だが、しかし考えて見ると猫が迷って行く範囲には大体の限度がある。余り遠くの人人に訴えて見ても意味はないだろう。

そこで今度は新聞に添えて配る折込み広告を試る事にした。近所の新聞店に頼み、その受持ちの配達区域に配布して貰った。

この効果は著しく又直接的であって、心当たりを知らせてくれる郵便の外に、電話の応対に忙殺される位である。尤も中には冷やかしや多少脅迫めいたのもある。知らせてくれたらお礼をすると書いた項に引っ掛かって来るらしい。

しかしまだノラは見つからない。それで間をおいては又新らしい文面の折込み広告を出し、到頭前後四回に及んだ。配る区域を少しずつずらし、印刷した枚数もその時時で多少ちがうが、合計すれば二万枚近くになったかと思う。ノラが迷って行ったかも知れないと思われる範囲に外国の公館が幾つかあり、又米人の蒲鉾兵舎がかたまっている所もあるので、そこいらを目標に配る英文の折込み広告も作った。

方方の人が親切に教えてくれる心当たりを、家の者が一一見に行った。しかしよく似た猫はいても、ノラではない。

ノラ探しで世間に親切な人は多い事をしみじみ感じた。ノラに似た猫、ノラかと思われる猫がいるから、或はこれこれの時間にきまってやって来るから、見に来いと知らせてくれるばかりでなく、事によるとそうかも知れないと思われる猫が死んでいたので、うちの裏庭に埋めてやった。念の為に掘り返して御覧なさいと云ってくれる。

そう云う知らせを四ヶ所から受けた。一一家の者が出掛けて行って、そのお家の庭を掘らして貰った。死んだ猫を掘り返すなど、勿論気味の悪い話である。それを敢えて知らせてくれるだけでなく、その家の人も立ち会ったり手伝ったりしてくれた。しかしどれもノラではなかった。掘り掛けて土の中から現われた尻尾を見ただけで違う事がわかったのもある。

区役所のそう云う処理をする係へも行って、調べて貰ったが得るところはなかった。

結局ノラの行方はわからない。わからないなりに歳月が流れたが、今でもまだ帰って来る様な気がする。いろんな人から色色の事を教わったり、慰められたりしたが、猫探しを続けている一番仕舞頃に、区内の或る人からこんな事を聞かされた。

お宅から半蔵門は近い。お宅のノラはそっちの方へ行ったかも知れない。多分その方角へ迷って行ったのでしょう。

そう云われて見ると、そんな気がする。事実の上で何の根拠もあるわけではないが、ノラは私の家を出てから南の方へ行き、何となくそっちの方を伝い歩いている内に翌晩の大雨に会って道がわからなくなった。家に戻るつもりで迷っていると、段段その先へ先へと家から遠ざかった。ノラはどうも南又は東南の方角へ迷って行った様な気がして仕様がない。北の方も、西北の見当も探したし、又そっちの方からの知らせも受けたが、矢張りそれよりは反対の方角へ行った様な気がする。皇居の半蔵門は私の所から東南に当たる。

半蔵門の事を云い出したその人は、もしそうだとすると、お宅のノラは麹町の通の家並みの間を伝って、又は英国大使館の横を抜けて半蔵門の方へ行ったかも知れない。

半蔵門から皇居の中へ這入る。

皇居に這入って帰らなくなった迷い猫は無数にいる。彼等は御所のある鬱蒼たる森の中に住みつき、野性に戻った様な事になって中中外へは出て来ない。或は出られないのかも知れない。ノラが半蔵門から御所の中へ這入ったとすれば、先ず帰って来ると云う事はないでしょう。

私はそう聞いても、まだノラをあきらめる気にはなれない。しかし今日まで帰って来ないノラの足取りを考えるとすると、私の家を出て、東南の方へ迷って行き、幾日目かに半蔵門から皇居に這入ったとする筋が一番納得出来る様な気もする。

それならば、ノラが皇居の中にいるとするならば、私はノラの事を一こと、お情深い皇后様にお願い申上げておきたいと思う。しかし一度も拝謁した事もないのだから、勿論まだその機会はない。

最近両陛下のお住居の吹上御所が出来て、もとからあった皇子達の呉竹寮は取りこわしになったそうである。その呉竹寮があった当時、森に棲む野性を帯びた猫どもが頻りにその廻りに出没したと云う。

森の猫が余りに殖え過ぎて、樹の枝の小鳥を襲ったり巣を荒らしたりするので、猫狩りをしたと云う新聞記事を見た。

罠《わな》を仕掛けて三十何匹とか四十何匹とかを捕えたと云う。その中にノラが這入っていなかったか。気になるけれど、見に行くわけには行かないし、第一、皇居の森にノラがいるかどうかも、よくわからない。

三

　管轄の麹町警察署へ捜索願を出した。

　猫一匹の事で忙しい手を煩わして済まないと思ったが、非常に親切に扱ってくれた。

　ところがノラは駄猫である。そこいらに、どこにでもいるありふれた猫で、素姓は野良猫の子である。これが波斯猫《ペルシャねこ》、暹羅猫《シャムねこ》、アンゴラ猫などであったら、どうかすると一匹十何万円、或はもっとするかも知れない。そうなると警察はこちらの願いを取り上げるのに扱い易い。人の生命財産を護ってくれるのが警察の任務である。そんな高価な猫がいなくなった、或は盗まれたかも知れないとなれば警察の一仕事である。私の所でいくら大事に思っても、もともとただの野良猫の子であって見れば、野良猫の子がいなくなったから探してくれと云われても、警察としては猫探しに手を貸すのは少少勝手が違うだろう。

　しかし麹町警察署は親切であった。電話で何度か情報を伝えてくれたり、私の家へ刑事が来てくれたり、ノラはまだ帰らぬけれどその当時の警察の扱い方は思い出しても難有《ありがた》い。

麹町警察だけでなく、隣接の神楽坂署、四谷署、赤坂署へも捜索願を出した。神楽坂署からは巡回の巡査が見て来たと云う知らせを受けて、すぐに行って見たが、ノラではなかったけれど、それを伝えてくれる警察も、又こちらが見に行くまでその猫を止めておいてくれた先方の家の人の親切も難有い。

難有いとか、親切だとか云うけれど、ろくでもない駄猫一匹の為に、そうやって世間を騒がし、況《いわん》や公の機関である警察を煩わしたりしたのは怪しからんと怒る人があるかも知れないが、その通りで全く申し訳ない。相済まぬ事であったが、しかしノラはどこへ行ったのだろう。

　春の三月二十七日にノラが帰って来なくなったその年の暮、文藝春秋新社から「ノラや」と題する単行本を出した。それから五年目の春がめぐり来て又三月二十七日が近づいたのでこの稿を書く気になったが、それに就いてはところどころ右の「ノラや」を参照したい箇所がある。「ノラや」の本を取り出し、机の傍に置いたが、どうも開けて見る気になれない。所所にしろ、中を読み返すのがいやなのである。

　この「ノラや」は最初から自分で読むのが気が進まず、上梓の際の校正その他も一切人任せにして、よろしくお願い申して本に纏めた。五年経っているから、もういいかと思ったが矢っ張りいけない。開いた所を少し読もうとすると丸で昨日今日の事の様に当時の悲哀がよみがえり、苦しくなって結局開いた所を見るに堪えないから又閉じてしまった。

「ノラや」の本は兎も角として、ノラはまだ帰って来るかも知れない。

四

三月二十七日から半月余り経った四月十五日の日記に出て来る屏《へい》の上にいた貧弱な猫が、今私の家にいるクルである。ノラとちがって尻尾が短かいから独逸語でクルッと名づけたが、クルッは三音で呼びにくいので、いつの間にかクルになってしまった。クルはその後五月十一日頃から又時時日記に現われている。そうしていつの間にか私の家に這入り込んでしまった。だから彼はもうすでに五年私の家にいる事になる。

いつの間にか這入り込んだと云ったが、別に胡麻化してもぐり込んだと云うわけではなく、実に当然僕はここにいるのだと云う風に落ちついて澄ましている。ノラよりは小柄で貧弱だが、尻尾が短かい外は全身の毛並みも顔つきも全くノラそっくりで、単に似ていると云う程度ではない。家に来る猫通《ねこつう》の見立てでは、ノラの弟だろうと云う。

ノラの素姓はわかっているが、クルはどこで生まれて、どこで育ったのか丸でわからない。私の家に這入って来た時は、まだ耳の裏に毛が生えていなかった位で、生まれてから一年は経っていないだろうと思われた。しかしどこかに飼われていた事は確かで、決して野良猫ではない。

それがなぜ私の所に来たのか。クルはノラの伝言《ことづけ》をもたらしたのだと私は思う。どう云う言《こと》づけなのか、クルはまだ伝えないが、しかし猫の口から聞かなくても大体はわかる。そう思うと又ノラが可哀想で堪らない。

同時にノラそっくりのクルも段段可愛くなった。彼はもとから私の所の猫だった様な顔をして、したい放題の事をし、勝手に振る舞って五年を過ごした。

その間に病気をして人を心配させる。猫医院のお医者の来診を乞うたり、薬はしょっちゅう貰いに行く。猫医院は私の所から遠くない。近所にいい医院があったのはクルの仕合せである。

最初に来診を乞うた時は内科的の故障であったが、つい一月程前には外で喧嘩をした時受けた傷が化膿し、猫の気分が重いらしいので来診して貰った。

診断の結果は入院を要すと云う事になった。場所が顔なので危険である。敗血症を起こせば命取りになり兼ねない。

翌日入院させた。毎朝家からクルの好きな物を運んでやった。昨夜クルの為に取りのけておいた平目のお刺身の残り、毎日彼が食べている鰈《かれい》の切り身、シュークリーム、グワンジイ牛乳。

ノラは生の小鯵《こあじ》の筒切りばかり食べていたが、クルは初めの内は鯖《さば》をよろこんで食べたけれど、後にお医者から鯖や鯵はあぶらが強くて猫のおなかに悪いから、鰈の様な淡味のものを与える様にと云われたので、以後はずっと鰈にしている。私も石がれいやまがれいは大好きなので、しょっちゅうクルと同じ物を魚屋に註文する事になる。

グワンジイ牛乳はノラも飲んでいたが、ノラはその外の牛乳は飲まなかったけれど、クルはそれ程我儘ではない。しかし入院中なのだから、一番うまい牛乳を届けてやる。

シュークリームはクルの好物である。但し中身のクリームしか食べない。家では皮は私が食べるけれど、病院の差し入れではそうは行かない。皮がどうなったか、よく知らない。

入院八日間で、漸くなおって帰って来た。その間毎朝同じ物を持って行ってやった。家から差し入れしなくても、勿論向うで入院食を与えてくれる筈だが、可哀想だから彼の好きな物を運んでやった。

夕方の食事は、朝こちらから持って行った物の残りを向うで与えてくれる。ところが家から持って行ったお皿でなく、医院の食器でやろうとしたら、クルはぷいと横を向いた儘食べようとしなかったそうで、お宅の猫はお皿がちがうと食べませんねと猫の女医さんが云ったと云う。

退院する前の晩からおなかをこわしたそうで、少し弱っているが、傷口の方はもういいのだからお連れなさいと云うので、家内と女中が迎えに行った。

大ぶりのバスケットに入れてさげて帰った。庭の方から帰って来たが、枝折戸《しおりど》のあたりから、バスケットの中でニャアニャア鳴いているのが聞こえた。

廊下に上がってバスケットから出してやった。

すっかり痩せて半分ぐらいになり、おまけにおなかをこわしたと云うので、ひょろひょろしている。真直ぐに歩けないので自分の向いている方とは違った方へふらつく。それでいて人の手に頭をすりつけ、うれしそうな声でニャアニャア云いながら、どたりとそこへ寝て見せる。

五

大分弱っているので当分外へは出さない事にした。

しかしもうお彼岸が近い。節分猫が済んでこれから彼岸猫の季節である。よその猫が入れ代り立ち代りやって来て、庭で騒ぐ。

それでも初めの間はクルは出ようとしなかったが、暫らくする内にめきめき元気になって毛のつやもよくなり、身体のこなしもしゃんとして来た。

もういつ迄も家の中に我慢してはいられないだろう。目出度く外へ出してやったら忽ち喧嘩を始めて、よその猫を庭の外へ追い出そうとする。

ノラもそうだったが、クルも同じ事で、ここは、この庭は僕の領分だ、出て行けと云う様な気勢が見られる。

昨日の朝は彼が出掛けて行く目の先にいた白黒の玉猫にいきなり組みつき、白梅の咲き盛っている枝の下で格闘を始めた。

取っ組み合った儘ころがって、草の枯れた池の縁から水の中へ落ちた。

尤も結氷の為、池の縁のコンクリートに裂け目が出来て水が減っているので、猫が溺れる程深くはない。しかしその浅い水の底には泥と藻と枯れた水草の根と苔がよどんでいる。水に落ちた拍子に、組みついた二匹は一先ず離れたが、水から出てまだ追っ掛けるつもりらしい。彼は水の底のいろんな物を全身にかぶって這い上がり、満開の梅ケ枝の下でぶるぶると雫《しずく》を振るった。

解説

福永信

猫が登場する作品は数知れず、そもそも我々の知る文学は猫が語り始めたところからスタートしたわけだし、優れた猫アンソロジーすら現在すでに何冊も出ているほどだが、それにしても猫はなぜこんなにも好かれるのか。活字の中で人間は、やれ事件だやれ依頼だとせっつかれてようやく重い腰をあげるという説があるくらいで、意味とか目的がないことに耐えられないのが登場人物という存在であるが、猫は意味や目的というものを重視せず、ただ「いる」のであり、本書のどこかに書いてあったが、呼んだときには来ないで、呼ばないときにやってくる。気づくと勝手にそこにいる。世の中には猫を飼ってない人も多いが、人間が作った街で勝手に生活しており、舗装道路を歩いている。こちらに気づき、振り向いて、急ぎ足、曲がり角に消える。私が角を曲がると猫はこっちをジッと見てからブロック塀に飛び上がり、シッポをゆらしながら歩き出す。犬にはなかなかできないことである。再び地面に着地し、家と家の隙間に入り込み、また振り向き、暗闇から目を光らせる。屋根の上で街を見下ろしていることもある。これも犬にはできない。鳥にはできるが、鳥は空へと飛び立っちゃうし、集団制を導入したりするし、生き方が違う。街に普通にいて「人間が飼う」ともある動物という点で三者は一致しているが、鳥の場合、かなり無理をしていると思う。犬はリードで繋がれて常に人間の近くにいる。散歩に出かけるわけだが、猫はそれを窓から見下ろす。飽きると窓辺からぴょんと飛び降り部屋を歩いて、廊下へ出て、真剣な目つきでトイレでオシッコして砂をかけ、階段を降り、カーペットで爪とぎした後いつものソファに横になり、寝る。あるいは、屋根にまだいるんなら、そこから庭に飛び降りて日差しを避けて風の通り道の木の根元で寝そべる。人間がいなくても、いても、気にせず猫の生活は何ひとつ変わることはないのかもしれない。淡々とした、そんなところに憧れて人は猫のことをつい書いてしまうのかもしれないが、さて、ところで、このアンソロジーで初めて読む、もしくは読むことから遠ざかっていた作家と今ここで再会した、そんな読者も多いのではと推測する。アンソロジーのいいところであるが私にとって吉行淳之介がそうだった。二十五年くらい読んでなかった。彼以外の収録作家は割と今でも繰り返し読んでいるからなんか吉行すまないという気持ちだが、さらにそこに加えて文句というわけではないけれども、本書の収録作品がどうやって選ばれたのか、実は謎である。編者吉行淳之介はまったくこのことについて語っておらず、解題やあとがきも残さなかった。手がかりは皆無なのであるが、せっかくの機会だからあの三毛猫ほどの能力は私にはないけれども少し推理してみようと思う。

吉行淳之介は『プレイボーイ傑作短篇集』（一九七七）や『純愛小説名作選』（一九七九）、これはエッセイを集めたものだが『男友だち女友だち』（一九七九）とか、すでに編者としてアンソロジーを何冊も作ってきた。『純愛小説名作選』は収録作家全員を男に限定した男子校みたいな本で、巻末対談では「そういえば、女は純愛小説、書かないね」とまで言っており、『プレイボーイ傑作短篇集』は男性がメイン読者の月刊誌に国内外の小説を掲載する創刊号からの企画をまとめたものであり、『男友だち女友だち』は表題の印象とやや違って父親の思い出を書く者あり、男の友情を書く者あり、理髪師の青年について綴る者ありで予想外の広がりがあって面白い本であるが、前書きで吉行はわざわざ娼婦とのエピソードを名刺代わりに披露している。要するにこれらのアンソロジーの売り出し方は「吉行淳之介」の世間のイメージをなぞっている印象がある。本書の原本、青銅社版のプロフィールにあるように「性的なつながりを通して、人間の関係のありかた、存在のありかたを乾いた文体で」書くのが編者吉行淳之介の作家としての当時の立ち位置とされていたからである。

　本書は違う。吉行淳之介といえば猫ということにはならないからだ。そんな評判は全然ない。黒猫を飼ってはいたけれどもどちらかというとメインは大型犬であって全集の年譜にも初代ブースカとの写真が載っている。猫のアンソロジーの編者として「じゃあ吉行だな」と思い浮かんだ出版社がすごい。その青銅社は本書刊行の三年前に、『吉行淳之介による吉行淳之介』を出しているのだがこれはどんな本かというと生まれたときから五十六歳現在までの年表と、その当時のことに触れた彼の既発表のエッセイの抜粋を集めた労作でそれこそアンソロジーである。「試みの自画像2」という、遠藤周作に続くシリーズの二巻目だった。私の推理であるがこれがきっかけでこの版元から猫アンソロジーを刊行することになったのではないか。収録作「猫踏んじゃった」は本書の十年前、一九七三年に番町書房から刊行されており、表題作なわけだから知られてもいただろうし、本作を再録しつつ猫の出てくる作品のアンソロジーを作ることが考案されたのではないかと思う。

「猫踏んじゃった」の他に吉行には「埋葬」というやはり猫の死が描かれる短編があるが、初出がたった一年違いにもかかわらずこれを選ばなかったのは本書の性格を決定づけたと思われる。「埋葬」は男の死（自死）と猫の妊娠、出産、子猫の死（女が眠っている間に圧し潰す）という、生と死の連携が余りに明瞭な一編である。他方、本書収録作はどうして後半バーの場面が出てくるのかよくわからないし、女のアパートでなんで最後にみんなで歌い出すのかも不明だ。猫はそもそも冒頭で轢き殺されており内臓などが飛び散っていたりするのだが、語り手はこの悲惨な事態を目の前にして自分が何を感じていいのかサッパリわからず、むしろ猫が潰れたことで変容した地面の方に注目してしまう。「地面は生きているようだった」と書かれるのだがこれは一体どういうことなのか。読者の中に「奇妙な味」が広がり、物語の輪郭はぼやけ、幻想的な感じすら漂う。「奇妙な味」という基準は、そもそも『プレイボーイ傑作短篇集』で彼がやりたかったことだった（編者あとがきに「創刊号の小説を引受けたとき、そのマガジンに載せる小説は、江戸川乱歩命名の「奇妙な味」のものがふさわしいだろう、と言った」とあって雑誌の企画段階から関与していたことをうかがわせる）。それが本書『ネコ・ロマンチスム』にも引き継がれたことは収録作家の選択に表れている。この作家らの書く、猫をめぐる「奇妙な味」の作品をすでに読んでいたのだろう。

　もちろん、「海を泳いでやって来た」猫と、少年の「ぼく」、その「ぼく」の分身のような少女との夏を描く収録作「海のスフィンクス」の他にも、当時の金井美恵子には「永遠の恋人」という短編があり、それは「部屋に帰ってくると見たこともない大きな黒猫が椅子に坐っていて、ウィスキイを飲んでいた」と始まり、さらにもう一編、同じく猫が夜中訪ねてきて食べ物と飲み物を要求するところから始まる「暗殺者」という作品があってどちらも魅力的なのであるが、なんでこれらを選ばなかったのか。やはり猫が語りだす星新一の「ふしぎなネコ」は、「にゃあ」と鳴くだけだったという最後の文章まで収録作と同じでどちらも負けず劣らずの面白さなのにどうしてこっちじゃなかったのか。収録作「ネコ」の設定が男女のカップルの構図になっていてそこに面白さを感じたからかもしれないが「なんでこっち」的な問題は解くのは難しい。吉田知子にも「なぜか猫を見ると気が狂う」という随筆のような掌編のような作品があり、まさに「奇妙な味」そのものであって傑作なのだから収録作と合わせて載せてもよかったのではないかと思うのだが……収録作家として意外だったのは別役実で、吉行淳之介が読んでいるとは私は知らなかった。彼は宮沢賢治や内田百閒の編者もしているから案外接点があったのかもしれない。読者はあんまりかぶらなさそうだけども、でも、それでも作品が遠慮なく並ぶのがアンソロジーの面白いところである。

刊行時、現役だった収録作家は編者吉行淳之介から見て全員年下であるが残りはすでに創作活動を完了して死んでいる大先輩ばかりである。本書の表題に影響を与えているだろう萩原朔太郎は吉行が少年の頃に文学を書くことに開眼したきっかけの作家だった。梶井基次郎もまた十代の頃影響を受けた作家であり、星新一とショートショートをめぐる対談をしたときにも特に「愛撫」に触れながら短い作品の良さについて語っている。萩原と梶井、二人のこの文豪は若かりし頃に影響を受けた作家枠として収録されているのだろうが、芥川龍之介の百年前のこの収録作「お富の貞操」は男女の不意の駆け引きを描いていて思いがけず「吉行淳之介」だった。しかしこの作品がすごいのは、読んでいると猫がチラチラと視界に入ってきて仕方がなく「香箱をつくっていた」と二度も書きつけていたりするのまで気になってきて「ああ、香箱って言い方好きなんだな、芥川」と、読者の目は男女の感情の爆発よりも猫の方にそれてしまうところである。谷崎潤一郎は、吉行淳之介と同じく犬と猫のどちらも同時に飼っているし、「女」を書く男の作家として読者もかぶりそうだが、この「ドリス」で男は猫にスリスリするほど可愛がっており、グチャッと内臓が飛び散っている地面を見て「生きている」などと書く吉行とは全然違う。違うといえば吉行にとって宮沢賢治の存在は、ほとんど対極であると私はこれまで思っていたが、丸谷才一・開高健との共同編集『現代日本のユーモア文学』（一九八〇―八一）という全六巻のアンソロジー本を刊行していてそこにも宮沢賢治を選出している（他には、内田百閒、小松左京、星新一、そして吉行自身の短編が収録されているが、ユーモアといえば別役実も、金井美恵子も吉田知子も外せないはずだが入っていない。忘れていたのだろうか）。

本書は長らく絶版だった原本に、表題によく似た「ネコロマンチシズム」を文庫編集部が今回新たに増補したものである。従ってこの一作は吉行が選んだものではないが、内田百閒の「かなりのファン」を自称しているし（「内田百閒氏のこと」）、すでに述べたように『現代日本のユーモア文学』などでは彼を選んでいる。嫌がるどころか大歓迎であろうと思うが、ところで、アンソロジーというのは、別の場所に保存できない。例えば、吉行淳之介全集に本書が丸ごと収録されることはない。収録されるのは彼の書いた一編だけである。編者解題もないし、あとがきも彼は書かなかった。だが、それでも、本書は吉行淳之介の仕事である。発表済みの作品ばかりであるが、アンソロジーとしてならば「新刊」として世に出せる。旧作ばかりだからじっくり吟味し、全体の構成を考えることができる。作品を並べるとは順番が生じることであり、その順番で読者は必ずしも読む必要はないけれどその「並び」には編者の思いが込められている。この作品の次にはこれを読んでほしい。この作家の隣にこの作家を並べたい。原稿を並べる手つきに宿る「編集」という面白さ。指揮者のようなその手つきが本書を作る過程であったとしたら、それは彼が三十年以上も昔、小説家として本格始動する直前まで編集者として汗をかいていたときの気持ちと同じかもしれない。あるいは、吉田知子や金井美恵子も誌面に登場した十年ほど前にやっていた月刊誌「面白半分」の初代編集長時代を回顧しているのかもしれない。いや、そんな過去のことなんか気にせず、五十九歳の吉行淳之介は特別な思いなど込めなかったかもしれない。何ひとつこれまでと変わらず淡々とこのアンソロジーを作ったのかもしれない。

（ふくなが・しん　作家）

編集付記

一、本書は『ネコ・ロマンチスム』（一九八三年五月、青銅社）に、内田百閒「ネコロマンチシズム」を増補したものである。ただし収録作品は各著者の全集及び作品集を底本とした。

一、底本中、旧字を新字に、旧かな遣いを新かな遣いに改めた。また明らかな誤植と考えられる箇所は訂正し、難読と思われる語には新たにふりがなを付した。

一、本文中に今日の人権意識に照らして不適切な語句や表現が見受けられるが、執筆当時の時代背景と作品の文化的価値を考慮し、底本のままとした。

中公文庫

ネコ・ロマンチスム

2022年 4 月25日　初版発行

編　者　吉行《よしゆき》淳《じゅん》之《の》介《すけ》

発行者　松 田 陽 三

発行所　中央公論新社

〒100-8152　東京都千代田区大手町 1-7-1
電話　販売 03-5299-1730　編集 03-5299-1890
URL https://www.chuko.co.jp/

ＤＴＰ　ハンズ・ミケ
印　刷　三晃印刷
製　本　小泉製本

Published by CHUOKORON-SHINSHA, INC.
Printed in Japan　ISBN978-4-12-207203-9 C1193